也许明天，
也许来世
阿果 著
中国出版集团
现代出版社

目录
Contents

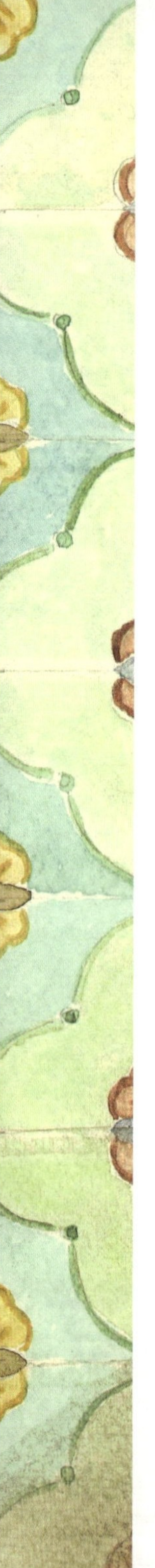

离真谛也不远了

有一首初唐的短诗，文字浅白，寓意深远。首次接触，是在大二的韵文课上。那个年纪，对人生的思索格外饥渴，总想竭尽所能厘清生命的真谛。当然，人生的道理是一辈子都梳理不完的，那是个不断上下寻索的过程，没人帮得到你，你只能独自领会个中炎凉冷暖。

那是陈子昂的古诗：前不见古人，后不见来者；念天地之悠悠，独怆然而涕下。

我很幸运，在大学四年，上了王帼英老师的韵文课，也上了叶嘉莹教授的清词课。讲师课堂上的解说，让我从诗词文学中，领略古代文人墨客的困惑、思索、追逐、寄托；投影到自身的情境，寻得启程的方向。陈子昂的短诗，谈不上技巧，甚至毫无技巧，纯粹朴实无华的诗句，直抒内心的慨叹， 面对茫茫永恒的天地时空，生命的有限、短暂、渺小、无常，那一份错愕、寂寞、无助、哀伤，怎能不震撼人心？

叶教授谈诗词，总会谈及文人内心面对人生的挣扎，那是渴望完成自我的挣扎。什么是完成自我？有些人追逐的是品格境界，清净而高远；有些追逐的是宗教的修为，苦行而不怠；更有些追逐儒家的崇高理念，为国而为民。然人生的际遇并非操控你我之手，渺小的生命在动荡的大时代中浮浮沉沉，几多被淹没？几多已消亡？几多遭淡忘？而这当中更掺杂几多遗憾？

我忽而想起了小王子。小王子从狐狸那儿理解了驯养的三个秘密，而当中狐狸说：你所驯养的一切，你都得永远负责。小王子后来遇见了蛇，蛇能帮他离开地球，回到他的那颗星星。小王子虽然害怕，但他无怨无悔，因为他得对玫瑰负责。当小王子从沙漠轻轻倒下那一刻，他完成的是责任。

有一部 2007 年的影片 *Into the Wild*，改编自 Jon Krakauer 同名报道式小说，影片以剧情式推展，叙述美国青年大学一毕业，就放弃一切，只身上路，千里跋涉一心远赴北方的阿拉斯加，在苍茫荒野独自生活。如此极端，甚至愤世嫉俗的行径，固有待商榷，然青年为理想的奋不顾身，全情徜徉享受生命的勇气，确实动人。青年生于 1968 年 2 月 12 日，选择独居荒野，在孤寂、饥渴、无助中，重新理解人生。他因误食有毒野果，在惊恐中溘然离去，两周后才被无意闯入的猎人发现。卒于 1992 年 8 月，只活了 24 年。

影片类似公路片种，交错着年轻旅途上所接触的人生过客。其中，最后所结识的独居老人，那一老一少的互动，最为感人。他们各有难以言喻的心结，但又能以各自对人生的认知，相互开解。孤独的老人驱车送孤独的青年一程，他想认青年做孙子，青年说：等我从阿拉斯加回来，再说吧。老人默默流泪，似乎已知青年再也回不来了。

弥留之际，青年吃力地在最喜爱的书页上写下：Happiness only real when shared。分享的快乐才是真正的快乐。

我写作我画画，每回都在一步一步完成小小的自我。在这悠悠天地间，只要真真实实努力负责任地活一回，或许离真谛也不算远了。《也许明天，也许来世》是我的第二本专栏合集，收录了我在新加坡《联合早报》图文专栏《三读空间》里的约50则作品。很感谢中国出版社的认可，让我有机会与中国读者分享此书，这种快乐很真实。

丽日春风

我们总在期盼“没烦恼”“好日子”，殊不知凡活着，就必定有烦恼。不为烦恼而烦，日子或许也就不错了。

我常去的小花园凉亭近来封了，不知是拆还是改建。真希望修葺之后，仍设有桌椅，不然又要少一处写作基地了。

大年初四起得晚，在家磨蹭了好一会儿，才拎着电脑出门写稿。我写稿得在户外，倒不必非得在咖啡馆，虽然偶尔也会小布尔乔亚一番，但总觉得在咖啡馆写稿太做作了。宁愿找个无人清静之处，若有风有树更佳。我不是奥地利诗人彼得·艾滕贝格（Peter Altenberg），如果不在家，就在咖啡馆；如果不在咖啡馆，就在往咖啡馆的路上。我不迷信咖啡馆，但必定得有咖啡。出门时已近中午，日头灼热，先绕去咖啡店买咖啡乌，途经某家商店开工邀醒狮采青，略作逗留凑个热闹，沾沾喜气。

顶着大太阳，兜了好大一圈，晒得脖子辣辣的，才又在住家附近觅得另一理想所在。虽然凉亭旁即是游乐场，然此时不见顽童嬉闹，倒见不少野鸽摊开羽翼慵懒匍匐绿草地晒着日光。周遭鸟语错落，树木不缺，可惜都少了些参差岁月，圈起的树荫小家碧玉似的，难成千古壮阔气候。写到此处，忽飞落两只灰蓝色的鸟儿，比一般鸽子略为瘦小。一只有节奏地跳起了舞，边点头边翘起长尾，还咕噜噜咕噜噜唱起了歌，另一只懒得搭理，没一会儿又飞走了。原来是在丽日春风下求配偶，倒是有趣。

想起刚才的醒狮采青，热热闹闹的仪式尾声，锣鼓声方落，众团员齐呼三声“发啊”，店主及围观者皆眉开眼笑，掌声鼓得格外殷勤。自然界的鸟儿为求得配偶，精心安排起舞唱歌，那是一种用心。我们其实不也是在这丽日春风中，为求好运好时日，而敲锣打鼓，舞狮舞龙，高歌“发啊”？这也是一种用心。而我为了完成一篇专栏文字，必定先去打包一杯咖啡，挑剔地择一处理想所在，企盼凉风鸟语，整个过程也如同一种仪式，马虎不得，用心得很。就算是彼得·艾滕贝格，他对咖啡馆的眷恋，不也是对心灵避风港的追求？

我们都在用心地追求着美好，美好都是得用心去追求的。日子不一定都是风和日丽，愿望不一定都能得偿所愿，求得也好求不得也好，那倒是其次了。没有人能够百分百决定将来一切，但至少我们要相信将来会美好，而且愿意去追求这样的美好。

什么是好日子？想想自己年初三画画，年初四写稿，有得画有得写，画自己想画的，写自己想写的，这样的日子也真算是好日子了。太阳把我的脖子晒得红红辣辣的，然野鸽子却舒坦地张开翅膀晒着羽毛，多舒服啊！这也算是好日子了吧？那天在脸书见有人转载一副书法对联，写着：有天皆丽日，无地不春风。遇得好风好天气，人也必然心旷神怡。再有钱也买不回春天，再没钱也吹得到好风。追求生命的美好的确不分贵贱，谁都可以。趁此大年初七人日，祝福朋友们日日好日，天天春天。

月下潮汐
来了去

让生命饱满时如满月，让初心萌发时如新月。

花好月圆 元宵团圆

一周前刚好是元宵节，上午9时得开会。自农历年假后，开工以来都忙着处理校务而无暇创作。学期末总是我们最忙的时刻，一忙起来任何画画写作的闲情逸致都灰飞烟灭。

画画与写作一样，首要讲究心闲，急不得；若心烦意躁必难成就好作品。看胡金铨的志怪电影，总有书生若要用心抄经，都会到深山择一处古刹或者破庙，花一番心思斋戒沐浴，让俗心沉淀，不入泥淖。可惜俗心总难抵挡狐妖鬼魅的诱惑。我创作虽不至于得焚香静心，然若心绪不闲情致不逸，也定难摆脱俗务的泥淖，脑筋一团紊乱，画的写的肯定也是一片混浊而不见清明。

说来或许夸张，然多日不作画，我内心竟感到些许确实的慌，这种慌倒不是因为拖欠了他人什么，更多是如同任由生命荒废而不自制一般，是挺骇人的。前几日为了找一些旧剪报，到储藏室翻搬家时堆叠的杂物箱，却在泛黄的旧纸堆中看到一张用心对折的稿纸。打开一看，竟是1992年1月1日凌晨给自己手书的一封信。那一年我迎来21岁，即将脱离军旅生涯，迈入大学门槛。信里写的志愿，而今20多年后读来，却是陌生得很。2015年的我早忘了1992年的自己，然1992年的自己又何曾猜得准2015 年的心境?

这一封旧信倒让我记起了，那一段每晚深夜写日记的日子。写日记曾经于我而言是一种存活的必要。夜深人静时，用文字一笔一画梳理思绪，梳理年轻时的骚动与不安，梳理生命成长过程中急切渴望的种种答案。那时候，就是借由每天文字的整理，与自己默默对话，来试图活得更为清醒。

而今少了每日写日记的习惯，难免可惜。幸好尚有这每两周一次的专栏，作为我的双周记，也算是对生命岁月的一种缓慢的梳理。倒是画小图在现阶段反成了我生命的必要，若多时不画，就会慌就会不安，脑袋变得钝拙，整个人如一坨秽气沉甸甸的，没有一丝空灵没有一丝轻盈，没有对不起谁，只有对不起自己。

于是元宵节当天，趁开会前，赶紧草草以水彩完成花好月圆的小插画。说来奇怪，图一完成，心头的大石顿时卸下，人又活了回来。

曾经多少夜晚，月无论圆缺，伴我一字一句整理着生命的秘密。最爱月亮的莫过于华族了。我们中秋庆月圆，元宵也庆月圆；我们月下落寞孤独，我们月下美满幸福；我们思念时望月，我们欢聚时赏月。我们从月的凄清冰寒，看到的却是完满温暖。生活纵使一片黯淡，我们心里始终高挂一轮清辉，不失千里共婵娟的期盼。我们把一切都付托明月，那是天地玄黑的一盏亮光，是我们终究不放弃对美好的冀望。华人的文化基因就是敦厚、含蓄、善良，外加一点点的乐观。

月牵引着潮汐，月也拉扯我们的文化张力。如果生命也如同潮汐，月下一涨一退，滚滚喷雪来，浩浩天际去，那涨也要涨到尽，退则退得彻底。我想这样，才能对得起自己吧？

书中自有
恬静的南山

刚佩戴老花眼镜时非常不习惯。不想几年下来，除了老花，还犯上了飞蚊症。但久了也就不放心上了。从不习惯到习以为常，人生就是这么一回事。

我有两副眼镜，一副是reading glasses，一副是drawing glasses，其实都是老花眼镜。

Reading glasses的度数比较低，是刚犯老花时配的，平时使用尚可，待到作画就得佩戴drawing glasses，不然朦朦胧胧的，根本画不出细节来，是挺麻烦的。偏偏此时都忘了带出门，而今在户外打这篇稿，倒多了几分迷离的朦胧非花非雾。只好把笔记本电脑拉远，把字体放大；感觉就像是把自己抽离，从彼岸回看此岸才能把一切看清楚；感觉也像是把眼界放大，以更开阔的视野才能看到真的山外有山绵延无尽。

原来老花就是为了这个。年纪大了，视力弱了，就是要你学着退一步回看，学着放大眼界包容。但我觉得老花眼镜这名词倒没有reading glasses来得有意思。或许我对阅读是比较偏袒的，佩戴眼镜是为了阅读，是对文字的一种重视，似乎意味着年纪虽增长，也别忘了积累智慧。床头摆一本书，还有一副reading glasses，睡前静静看几段文字，思绪才能沉淀，境界才能清明。

本周选修幼龄阅读专科（Early Literacy Track）的义安理工学院学生忙着办作品展。展览取名Little Leaves，已来到第三年，我中译为“小树叶”，谐音小书页。学生制作的是适合学前幼童阅读的英文绘本，自己编故事自己画插图。忙了几周，他们多数都没经过正统美术培训，但都一丝不苟地下足心思创作图文，这是我平时常跟他们说的一种pride，我在他们用心制作的儿童小书里，看到他们对自己作品的骄傲与满足。每一本原创的幼童小读本都如同小树苗，每一页都是清新可人的小嫩叶。他们是园丁，灌溉阅读的种子，让花园开出他们想象的绿叶红花。

上周特地为展览画了海报插图。一本敞开的书本，一头小熊趴在书页上，或许在写着字，或许在涂着画，怡然自得；那是小熊的快乐天地，空白的页面任其发挥，无拘无束，自由而开阔。快乐的种子在书页上发芽，开出一朵朵圆满如梦的蒲公英，还长成了一株百衲被一般的小树，拼贴着天马行空的梦幻，凑合成丰美饱满的梦想。

创作就是让自己自由的不二法门，阅读则是与自由一同逍遥的快乐旅程。

一本书犹如一亩花田，注定是芬芳的。那是我对书本的美好想象。若强说书中自有颜如玉、千钟粟、黄金屋，虽出自宋真宗帝王之手，那倒未免庸俗了。我不贪，给我一本书，那就是给我一片岛屿、一角南山、一缕清风、一株花树；在孤岛上在深山里，宁愿恬静淡泊将我淹没，让浮世忘了我，我也忘了红尘。但我也是贪的，我贪的是气质与境界，我贪的是永恒与不朽。

所以我始终坚信，一本好书是有魔法的，它是飞越云端的奇幻魔毯，也是漂浮浪尖的羁旅扁舟。年幼时跳上魔毯去各地冒险；中年了乘坐扁舟去拓展境界。当然，我不能忘了带两副眼镜，如此才能阅读，才能画画，才能呼吸。

空山新雨后

我想起很多年前的一部日剧《悠长假期》。如果老天要你放自己一次长假，那就欣然接受吧！有些人想放假都没机会呢。

▼
▼

我应该不止一次提起那名黄大哥，用深蓝色的墨汁，在一张长形的书签上，写了一手俊秀有致的钢笔字。那是20世纪70年代后期，还抓着钢笔繁体中文酸楚书生最后一抹晚霞的镶金傲骨。黄大哥何许人也，我一无所知。应是幼儿班老师的友人吧？事缘我在班上画了金鱼图，老师贴上了布告栏，黄大哥看到了要了去，回赠一张鱼儿力争上游的书签，祝我学业进步。这么多年始终不忘此事，当真也算是传奇一桩了。

说来也真奇怪，自那回之后，似乎甚少动笔认真画金鱼了。或许正因少画，感觉而今画的鱼儿，似乎还是当年笔下那个模样。这也只是假设了，小时候画的图都没留着，从何比对？只是6岁的小孩没人教，就自己喜欢鱼儿自己画，说不定是什么让我莫名着迷了吧？

每个人对美好人生的希冀都不一样的。人生该追求什么，该拥有什么，谁又能说了算呢？没有的，只有你自己。现阶段我也不强求太多，有个清幽的户外环境，有树有风有宁静，可以打打文稿，画画水彩插画，我就觉得很实在很欢喜，一切就足够了。能如此写意过生活，是上苍何等的恩赐，夫复何求？

连虫鸣都噤声了，鸟语躲入雨树的潮湿里。画笔画不出来的美好，就写在清风吹绿的心境。

我想让我从小着迷的，是金鱼水中的悠游，如同没有乐曲伴奏的华尔兹，宁静又美好。我着迷的就是这样的宁静，心灵的宁静，就像是撒落在水彩画纸上随风舞弄的疏影。我尝试将宁静写在文字里留在图画里，若能做到那我这一生就很美好了。

上周心血来潮，挑了几张手绘的插画，印制成一套明信片在网上售卖，承蒙众人支持，反映还算不赖。有一刚毕业的学生收到卡片后，在脸书上分享，并留言说“画得太梦幻了吧”。我打趣回她“我一生都活在梦幻里”。当年画金鱼的6岁小孩儿，一眨眼已离半百不算太远了，中间多少喜悲交错，而今回首细数，仿佛都如同说着他人故事，不是梦是什么？

有一部旧片《山中传奇》，是胡金铨的作品，据说在韩国深山取景。故事很简单，说一书生在山间赶路，途中歇脚合眼打一个盹儿，忽而进入狐仙鬼魅的世界，展开跌宕起伏的传奇，一惊而醒，才发现一切原是南柯黄粱。梦中多少爱憎悲喜，醒来后山径依旧蜿蜒，松柏依然苍翠，渺渺山岚，款款云烟，爱恨都到哪儿去了？

如果人生是一场大梦，我愿在梦里适当地放自己一次长假，就当是把梦暂时搁置，清醒地去看一回人生之外不一样的风景。只有把牵挂放下，才能将境界开启。但真能做到了无牵挂的，又有几人？

中秋过了，下周即将飞往韩国原州市，当地的土地文化馆在郊区，不知满山会是怎样的颜色？空山新雨后，天气晚来秋，或许也会明月松间照，或许也有清泉石上流吧？带着画纸彩笔独自上路，在不一样的山野，画同样的静幽。或许倦了也会在林间假寐，而不经意带回一段传奇，只是不知是梦非梦了。

秋日
偷懒去了

插图是我入住土地文化馆第二日就创作的。当时见到一隅那一株凤仙花，格外欢喜。后来回国后，问了许多学生，大多数都不晓得凤仙花，竟有些许落寞。

房间在宿舍二楼，隔着一条马路，就是油绿的稻田，田埂阡陌间，远处农夫在除草，割草机嗡嗡作响，我当成是蜜蜂。层层田地后是农舍，枣红的屋瓦与青山绿田相映成趣。农舍后就是老林了，堆叠隆起，成绵延环绕的山峰。土地文化馆就在这群山环抱间。

房间有张小巧的韩式木制茶几，已有相当年月，正好可摆放电脑。我提出房间摆在露天走廊尽头，面向青山绿田，加上一杯热茶，席地而坐打着这篇文字。

这回是得到“国家艺术理事会”的资助，向学校请了长假，来到韩国原州市的土地文化馆进行两个半月的生活创作。文化馆也称朴景利文学馆，以韩国女文豪朴景利的小说巨著《土地》命名，全书约20册，据说花了20年来创作。文化馆旁就是朴景利的故居，抵达的第二天一早，馆的负责人带我们熟悉环境，说朴景利并非原州人，却在原州的故居生活了10年。养了两只鹅，平时创作苦无文思，就到屋外种种田弄弄园艺。女文豪过世已九年，故居园林打理得清雅干净，两只鹅还在，一老一病，有生人走进，嘎嘎叫响声依旧穿透山林。

而今朴景利之女成了文化馆的主席，女婿是诗人，当年政治动荡锒铛入狱，就关押在原州。负责人说着，随手摘下几颗浅绿色的果实，是枣，可以吃的。低头一看，泥红色的枣子掉落一地，也没人可惜。我吃了一颗，脆而微甜，什么人间动荡，对山林而言，只有虫鸟凄凄，根本没有历史。

秋天山区天亮得早。白云山挡着朝阳，温度冰凉凉的，四周的绿仿佛都披着纱。我一早就拿着空瓶子，信步往文化馆不远处的桧村走去。村口有条溪流，山涧清澈。那天偶然经过，踩着乱石来到溪边，水里鱼儿游，水面蜻蜓飞，此起彼落，点出如花火绽放的涟漪，环环扩张化去，仿佛水的年轮，诉说着溪流青山的不老年纪。溪畔各色野花芳草郁郁茂盛，都叫不出名字来，采了一片凑鼻一嗅，尽是九歌离骚里江蓠芷兰的幽香。

用空瓶子装满了溪水，水质干净剔透。古人汲泉烹茶，我取水则是为了作画。冲刷了无数石苔，目送了万里松枫，这打白云山头流淌而来的清溪，若用来调匀颜料，或许也能让水彩插画更具山川灵性吧？

取了水又往山里走去，整座村都还没苏醒。直到朝阳从白云山后升起，温度顿时骤升，桧村霎时有声有色。油绿的稻田亮成一片金黄，颜色醒了；树丛间雀鸟一窝群飞，鸟语虫鸣啾啾戚戚不绝于耳，蜻蜓如飞絮在秋日下错落滑翔，偶有野蜂嗡嗡飞过，山谷间不见人家但闻犬吠，一切的声音也醒了。就唯独少了人语，仿佛此时此刻说一句人话都是亵渎，人与大自然早已脱了节，人声不如鸟语虫鸣，早已不是天籁。在此等深山古村里，保持缄默才是对大自然最高的崇敬，才能听到山川的呼吸。

今日多云，秋日偷懒去了。风来冰寒，完稿时热茶已凉。

山是
一个人的

什么是记忆？有些人的记忆是画面，有些是味道，我有好一些记忆都藏在岁月的旋律里。有时不期然听到曾经熟悉的歌曲，会百感交集。

连续几日断断续续阴雨天，更觉此刻明媚日光格外暖和。回到屋外走廊尽头打稿，农妇辣椒红的上衣衬着菜地稻田，倒让我想起王维的诗句：“木末芙蓉花，山中发红萼。”

才刚进入10月天，整座山的风就彻骨了。前来山馆暂住的当地创作者，多只待一个月，月初来月底走。上一周我们大伙儿还饮酒小聚，有诗人有小说家有剧作家有艺术家，兴致来时就哼唱韩国歌谣，或吟咏诗句，听不懂也无所谓。刚相识不过两周的各地创作人，忽而离开了一大半，也没正式道别，有些连姓名都还没记牢。阴天原来真的会影响情绪的。烟雨抹去了远山，寒雾湿透了山路。人走入画境，悄然就不见影踪。人生几多萍水相逢，君子之交是浓如墨抑或淡如水，谁知？人来人去了，文化馆更显寂寥，连山也缥缈了。只有松还在，石还在，寒蝉凄切依旧。

秋日斜照不到的角落，微风拂来，依旧是冰寒的。树叶沙沙摇曳，远处有工程赶工，敲敲打打声在山间回荡，倒有几分似那日在桧村山神庙松林里的啄木声，不响却清晰，闻声寻去，满目山林独不见鸟儿。我喜欢喝咖啡，韩国的个性化咖啡馆大大小小比比皆是。上周末独自下山到邻近小区兜一圈，随意择了一家要了一杯咖啡。馆子布置得有品位，氛围也挺雅致，播着John Denver的*Annie's Song*，也合我心意。却说也奇怪，才刚下了山，竟又念起山居了。咖啡馆是三几好友的，山则是一个人的。

文化馆就在白云山脚。70来岁的韩国小说家Mr. Chung，在小聚上滔滔不绝说了一大段，艺术家Kim Younghyun回过头给我译成一句话：他年轻时当过兵打过仗。Mr. Chung得知我们想去“走山”，就兴致勃勃约了我们星期天清晨5点多集合出发，前往桧村，进入白云山。沿途皆是苍松冷杉，偶可见枫叶染红。Mr. Chung老当益壮，抵达休息站还不忘做仰卧起坐。下山时，给我们采红枣野番茄，捡栗子。来回10公里，到了村口，回望白云山，才刚托起朦胧的朝阳。

后又陆续独自走山，那天见一旁有山径，指示牌标明1公里。以为只是翻过一座小山峰，回到另一端走道时，只见指示牌上有两个字的，就假定是桧村，打算下山回山馆吃早餐。走了6.5公里，看尽远山深谷，红枫苍松，莽草野花，凉亭溪流，才知晓已迷了路，竟然到了离桧村约40公里外的不知何处。古人传说，山上一宿，人间百年。白云山和我开了个玩笑，在山林穿过1公里，不想早已是另一番天地。莫非是，一步之遥，天上人间。人在深山，时间空间都将忘去，这就是山中传奇。

我习惯早起，清晨5时许就自然醒来。总会第一时间拉开帘子，看山色如何。若一夜秋雨，就会浇湿山的墨，熏染得朦胧迷离，若有似无。今日醒得略早，却见星光璀璨，颇为惊喜，裹着棉被试图辨认北斗星。陆续又来了一些韩国内外的创作人，山馆又渐热络。10月开始了，秋意更浓，朝阳打白云山脊爬出来时，天地霎时回温。

最后的圆舞曲

有些歌曲有些旋律，真的会一辈子让你常常追忆。

那是个特别美好的小茶馆，质朴、地道、窄小、乡土，毫不华丽，却有一种让时间停住，让年代回流的魅力。至少在我眼里，小茶馆是特别美好的。

说是小茶馆，我们却喝着酒，窗户吊缀着闪烁灯饰，在寒冷秋夜，有圣诞夜的错觉。怀旧的杂物看似随意摆放，实则精心布置。老旧小电视上搁着一枝还带着干绿枯叶的柿子，好几颗金黄色的圆而饱满，把金秋都凝聚了。吧台旁的木柜上搁着一饼普洱茶，屋梁一角悬挂着铜铃，一片鱼形状的铃摆，与我在雉岳山龟龙寺檐角见到的一模一样。小茶馆正中是煤炉，还摆着几块又圆又黑的煤炭，我们近十来个韩国内外的文人，有些品着普洱，有些啜着清酒，挨着一墙古老唱片，听着20世纪六七十年代的西洋老歌。

秋是格外情绪杂陈的季节，前一日明媚如春，隔一日却烟雨迷蒙，如此交错，恍若天上人间。几天前还满树的红枫满树金灿灿的银杏，丰茂扶疏得仿佛春天的花树，缤纷繁丽；不想接连数日秋雨，雨打风急，秋叶簌簌飞坠如雪。原来金秋也是短暂的，赏枫亦如赏樱要及时，一旦蹉跎只能错过，就只剩萧瑟的空枝，满地的泥泞了。

秋意渐浓，离去的文人渐多。韩国文人喜饮酒送别，我入乡随俗，几杯下肚也别有一番愁绪上心头。老唱机播着Engelbert Humperdinck的*The Last Waltz*，每一回送别都是某些人在你生命中的最后圆舞曲。74岁的韩国小说家郑建永老先生特别关照我这后辈，他小时候向父亲学过几年汉字，年轻时打过越战，说当年在越南和当地人虽言语不通，却能以汉字交流。我和郑老先生也经常以汉字交谈，感觉格外亲切。他平时看我在日光下给画作拍照存档，总会带着微笑说“good good”。我这个人比较慢热，话不多，宁愿把澎湃的情感留给文字留给图画，我特地给郑老先生画了幅水彩，是某个清晨散步时所见画面。一名狗主人带着爱犬散步，累了就并肩靠着路堤眺望稻田远山，情感交流尽在不言中。那天偶然在查找其他词汇时，发现韩语的chim-mug，即是汉字“沉默”。过多言语有时候反而沦为聒噪，脱离言语的沉默交流，心有灵犀的精神境界，更令人向往。

时间是什么？你我从来都说不清。但正因时间的流逝，才成就了我们的故事，或许乏味，或许跌宕，都必然有个期限，如赏樱如赏枫。期限一到，只能结束，我们得做的、已做的、没做的、成的、败的，就算后悔莫及，就算恋恋不舍，时间才不会管你。难怪日本人见樱花飘坠如雪会想起死亡；难怪古代诗人见落叶而悲秋。好多年前听过老狼的《恋恋风尘》，歌曲后啦啦啦哼唱的部分格外熟悉，原来就是改编自 *The Last Waltz*。那是多少年前的事了，已说不清。歌词最后几句这样唱着：相信爱的年纪，没能唱给你的歌曲，在我一生中常常追忆。

一生中有多少事情是来不及做的，多少言语来不及说的？一生中有多少人在你身旁完成他们最后的圆舞曲，然后优雅离席？和这些刚相识的异国文人告别后，或许就是生死契阔了。有一天，当我再次听到 *The Last Waltz* 时，还会记得多少还能记得什么，也许也说不清了。

是谁遗忘了白杨树

等了500年的树，终于盼得那人从树下经过。只是人已不认得树，偶然抬头一望，后又低头若无其事地继续上路。该忘的，该放的，就这样吧。

整座山回荡着啄木的声响，如乱了序的心跳，如敲打着的木鱼，却心神不宁没了节奏，时急促时涣散，随着冰的山风，空空地在田野间飘荡。是啄木鸟在轻叩白杨树的心房吗？叩得如此殷勤，莫非是想在苍劲的树身，啄个洞埋藏一个开不了口的秘密？白杨老树是孤独的；不想这群山间空空的啄木声，听起来更为孤寂。

整座桧村就只有一棵白杨树，甚至我想可能整片白云山也就只有这么一棵白杨树，就在村口一条不起眼山径的尽头。山径拐了个弯，消失在密林后，从大路根本看不到林后有田，更看不到田地一隅莫名地伫立着这么一棵白杨树。很瘦很直很高，显得格外突兀倔强孤傲。

今早特地携着笔记本，趁着早冬的晨光，来探寻白杨老树，同时梳理写这篇专栏的灵感。山的颜色都退了，灿烂的金黄、绚丽的殷红逐渐由灰蒙蒙的绿所取代，稻田在收割之后都露着赤裸的土。可以这么说，此时此刻我只看到山的骨，嶙峋的骨，再也不见山的秀了。不过数周光景，树的叶都凋零，只留苍松还坚持着，然寒风中松绿也冻成墨色了。原本深藏在密林后的石、土，甚至是坟，而今再也藏不住。我想冬天的山就是这样的吧？只剩下一层薄薄的皮，敷在山骨之上，太瘦了，藏不住任何秘密了。

我立在白杨老树不远处，仰望细瘦而挺拔的树身，主干爬满龟裂的纹路，枝丫不粗，紧贴着树身向上伸展，如丝丝缕缕缭乱的青烟，在岁月流转中化成了石。你立在这里多少年了？是谁当初把你种下？却又残忍地让你自生自灭？早冬的土地冰而干硬，我踩着一地倒下的枯黄稻草堆，晨光斜照不到的角落，还残留着米粒般的碎冰霜。忘了戴手套，做着笔记时，手遭风割着，很痛但这痛也让我写得更急促，思绪乱舞，不捕捉就在风中散了。

我趋前来到白杨老树下，主干其实是粗壮的，张开双臂也抱不拢。树身披着干绿色的苔藓，如残旧的橄榄绿毛线衣。树叶已落尽，杂乱的枝丫是饱经风霜的华发。晨光从山后松林斜照而来，将白杨老树细瘦的身影，长长地摊在空芜的田土上，如大漠笔直的孤烟。白杨老树是一根伫立天地间的毛笔，没了墨，写不成浓得化不开的思绪。

我只想陪着白杨树多一会儿，想让老树感受到，有那么一年的早冬，某一日某个晚晨，有那么一个偶然的过客，曾经在乎它的存在。

我只是太多情了，情不自禁轻轻拍打着树身，感叹它独自藏身白云山里，松杉枫都满山成林，唯独白杨孑然一木。是谁把你遗忘了啊，白杨老树？我贴近老树，给它一个拥抱，但这算什么慰藉？我以为它是个被一切遗忘的老者，默默看尽繁华与苍凉，殊不知它或许正乐于空寂，甘于做个任时间卷起千堆雪而不动如山的隐士。或许不是繁华忘了它，而是它早已忘了繁华。

我怀抱着白杨老树，那一刻已分不清是自己在安慰着老树，抑或老树在给我安抚。

或许也无须再追问，为何山这么大，就只有这么一棵白杨树？

其实不也一样吗？天地这么大，不也只有这么一个你，这么一个我吗？

我愿是一株树，把情感思绪都埋进深土里，让自己更傲然挺拔，纵使风霜无情，也不倒下。

寒夜的
一根火柴

我留在白云山的，数度午夜梦回时，曾在梦里记起，依然历历。

我留下了什么？什么又留下了我？

泰戈尔散文诗这么写着：I leave no trace of wings in the air, but I am glad I have had my flight. 有人译成：天空没有翅膀的痕迹，但我已飞过。这让我想起风来疏竹、雁渡寒潭。如果我是一阵风，如果我是一只雁，人生就是一段羁旅，只能不断地上路，走完了回首，一切了无痕迹。

星期五晚饭后，回到房里没多久，他们来敲房门。是Cho赵源烈和Chey崔昌根，他们带来了纸牌Hua-tu，问要玩吗？开始还以为是“花图”，后才明白是“花鬪”，源自日本，是韩国人喜欢玩的纸牌游戏。没多久，美籍韩裔年轻副教授Edward李昇远也来了。我们4人年纪相仿，Cho努力创作剧本想拍自己的电影；Chey创作舞台剧兼承办艺术活动；Edward在明尼苏达州大学任教，申请长假来做研究，同时创作诗歌；我在原州白云山脚任意画画。四人方向各不相同，都想在土地文化馆找片暂时落脚的土地。

所以我们都清楚，这片土地只是津渡外的小沙洲，聚首是偶然的，各自上路是必然的。

数周前到桧村散步，在某个拐弯处忽而涌出一群小狗，五六只簇拥而来，一点都不怕生。隔了一周回去，小狗不知为何少了好几只，又隔了几天，就只剩2只了。母狗被链锁拴在狗屋外，小狗像脏兮兮的野孩子，总是四处趴趴走走找吃的。我怕小狗饿坏了，就决定每天张罗些膳食早晚给它们送吃的。开始只是面包，跟着加上米饭，后来干脆到超市为它们添购狗粮。小狗吃得多，长得快，有时候吃不够饱，还缠着母狗要奶喝。

星期四我一早赶往首尔和新加坡友人会面。入夜回到文化馆时已经21时许，心里牵挂得很，立即摸黑给它们带吃的。天寒地冻走回住处，宿舍的韩国朋友已备好米酒、烧酒、啤酒及零嘴，说是给Cho饯行。几杯下肚，大伙儿兴起，轮番唱歌。十五月圆刚过一周，我就唱了《城里的月光》，也唱了《白月光》。当晚我们谈到凌晨4时许，才陆续回房休息。

我们都只是彼此擦肩的过客，如寒夜的一根火柴，擦出一点星火，彼此温暖着；然温暖只是刹那的、短暂的；纵使天边遥远的恒星，也终将燃烧殆尽。生命没有永恒，生命本就是一趟偶然的旅程，不知因何而来，为何必然而去。

我离开原州之后，怕小狗会每天时间一到就在路口等候熟悉的身影，若再也等不到，那将如何失落？那我是做对了，抑或做错了？Cho星期六出发回首尔时，坚持送他一程，走一小段路下山到车站。我曾问Cho这三周他写了什么剧本。他以生涩的英语说是黑色喜剧，有关一个年轻艺术家梦想与现实的挣扎。他之后补充一句，他写的是自己。也许我们不会再一块儿玩花鬪了，也不再有一句没一句聊生活与梦想了。星火一灭，点点闪烁都在记忆里了。

天气愈来愈冷，尤其清晨，朝阳还未爬起来时，山路旁的野草披着一层薄薄的白霜，如白月光。山色日渐参差，鹅黄橘红苍绿。我走入了群山村野，云深处不见了影踪。白云山还是白云山，我只是过客，仿佛什么也没留下，仿佛已留下了全部。

第三次的倾谈，在首尔

有些缘分很干脆，注定很短暂，也决不拖拉。
例如三次倾谈，谈完了也就完结了。

我们在北村漫无目的地散步，尽量避开游客密集的角落。循着告示牌，来到应是北村的最高点吧？牌子上注明是俯瞰北村的最佳角度。爬上一排细窄的阶梯，原来是一家茶文化展厅café。Cho说进去喝茶还得付门票，就算了吧。四周空无一人，我们就倚着café外的栏杆，眺望远山宫殿民宅灰瓦。首尔天气带着晚秋的阴霾，我们却聊出个旖旎春光。

我给Cho看手机里存档的新绘本插画，给他讲述创作中布布与蓝大兔的故事。他给我说前方的山是仁王山，左手边的宫殿是景福宫，景福宫后方同样倚着仁王山的就是青瓦台。景福宫背靠仁王山，面向汉江，一切按照pung-su来选址。原来就是风水。

我们从光化门漫步走回明洞，用了晚餐，Cho带我到明洞天主教堂看弥撒仪式。我并非教徒，也听不懂韩文，我问Cho信仰什么，他说他信仰神，但又不是任何宗教的神。偶尔感觉迷惘时，他会独自来到明洞教堂，寻找精神的力量。每个人都有每个人的难处，但不是每个人都把心事表露出来的。我看得出Cho内心的一丝苍凉，虽然他总是一副乐天派的笑容。别看Cho满脸络腮胡，其实心很细，戴着圆圆的黑框眼镜，笑容可掬，玩闹起来是个大孩子。他只在土地文化馆住3周，每天午餐晚膳后，都兴致勃勃地打乒乓球，玩到剩下最后的几天，才赶紧闭关创作，结果用了3天完成电影剧本。我和他在文化馆不算深交，其实只倾谈了两回，一回在公车上偶遇，互换姓名，得知彼此创作领域；另一回在他离开前一晚，到我房里教我玩纸牌游戏花鬪。

虽然我俩交情淡如水，却有莫名的默契，在一定程度上，我俩其实都是蓝大兔，都在寻找心灵的认同。我总是很担心Cho的生计。他一心想拍自己的电影，花了好几年时间来创作剧本，一再陷入瓶颈，格外沮丧。他说父亲已经69岁，还得开的士挑起养家担子。他身为长子，父母不了解他的电影梦想，他又不愿意放弃，他没说但我已看出他满心的愧疚。

越开心其实就是越落寞。Cho说韩国传统民间艺术，无论雕塑或绘画，造型都很funny。我明白他要表达的是滑稽。Cho把滑稽贯彻在他生命里，他苦心经营的自传性电影脚本，走的就是黑色喜剧路线。我曾问他会感到孤独吗？他用简单的英语笑着回说他了解我的孤独。他的欢笑背后，是多少难以启齿的难过。

最后一站Cho带我去吃水果雪冰。我们聊电影、梦想以及未来计划。离开了冰品店，经过Daehan电影院，Cho说他在东国大学读电影学时，就经常来此看戏。入夜的繁华大街，灯火璀璨，偶尔风来时格外清寒，满街青春熙来攘往，圣诞的欢快已华丽登场。我们过了马路，Cho说他该回去了。我问离开韩国后，不知何时能再见，他顿了好一会儿，才笑着说："we will meet again someday."当然我们都知道其实心里谁都没有答案，或许某天或许就无缘了。我转身走向旅店，走了两三步，Cho在人群中喊了我一声，我回过头见他笑着一边挥手，一边说："Goodbye！"

我和Cho在首尔聊了一整天，那是我们第三次的倾谈，但愿不是最后一次。

在急迫与缓慢之间

天若有情天亦老；老天无情，时间亦无情，所以时间不会老，老的永远只会是你我。

给她看我在韩国创作的一系列水彩图，一眼就看到了画中常出现的沙漏。她好奇沙漏在我的插画中有何意味。我回说：就是时间啊。2014年的最后一天，让我们来谈谈时间吧。

我们与时间的关系大体上可分为两种。一是受困，套用时下时髦的说法，其实我们by default都受困于时间。也就是对待一切怀有急迫感，包括人生。仿佛大限将至，我们拼命与时间赛跑，如仓鼠跑动卷轮，怎么跑也跑不出个所以然。我们注定赢不了时间，顶多只能尽量不让自己输得太惨。

二是解脱。有时候我们会忘了时间，忽而记起来时，才感叹岁月流逝如倏忽的过眼云烟。一时的忘记不是解脱。无须再与时间赛跑，一切从容自在，不驾驭不左右不强求，只依循自然作息，方为解脱。正如古时候的文人总在仕与隐之间徘徊，是兼善天下或独善其身，两种截然的人生选择，没有好坏之分。受困与解脱，也只是两种人生面对时间的态度，没有积极没有消极，没有肯定没有否定。

从来不觉得自己是一名社会人，匡时济世任重道远离我太远，做不来就留给有志之士吧。甚至我骨子里就是与社会体制背道而驰的，不是说我反体制，而是精神上本就抽离。我在社会的边缘游离，神游群山峻岭蓬莱灵鹫，一不小心哪一天离得太远，或许也就自然而然不回来了。

隐逸生活自古就是传统文人精神上的归宿。何止文人，谁不都在希冀一片“不知秦汉，无论魏晋”的桃花源？我们渴望生活在世外桃源，不是因为桃源与世无争，实则是与时无争；一个连时间都不在乎都能够放掉的地方，一切从从容容，不急不缓，只是这样的地方，如何存在？前不久和三几老友同游台湾，搭火车下花莲入住面向太平洋的缓慢民宿。缓慢已逐渐成为一种生活态度，也成了一种消费时尚；我们这些光鲜的社会人用辛苦赚来的金钱，就可轻易换来短暂而匆促的缓慢生活，一天两天几天，然后又一头栽入社会浮躁的旋涡，不开心但又无可奈何。

我们总是在急迫与缓慢之间摆荡，面对着受困学习着解脱；但在时间面前，我们注定都是输的，因为时间不会老去，我们会；因为时间没有终结，我们有。只能举起“来不及了”“回不去了”两面白旗，慨叹难以摆脱的“日月逝矣，岁不我与”。

某友人与我同年，得知他刚离职就发简讯关心今后去向。他说没找工作，打算花半年时间完成年轻时的漫画梦想。还补充说刚过了40来岁生日，估计应该活不到80，所以自觉人生的下半场已经上演，有什么想做的就赶快做，时间不容浪费了。近来也认识另一新朋友，小我数岁，前几年曾单枪匹马千里走单骑，以自行车旅游骑遍中国台湾、日本、法国。我说羡慕他活出人生的精彩，他回说只是任性地在贪玩着而已。

时间带给我们2015，却也拿走了你我的2014；或许不一定都能任性地贪玩，但至少争取演好自己的下半场，别让人生输得一败涂地。

情深不寿
也愿意

每个人的一生都有自己的主旋律。偶尔来一小段变奏曲也不为过。主旋律也好，变奏曲也罢，终究离不开一个休止符。

原州痴望了两回月圆，等不到月第三回圆满，梦倏忽就醒了。似乎觉得梦一旦醒来，就怎样也回不去了。

看着手机里那天匆匆输入的笔记，是两周前刚回国时难以平复的心绪。离开原州那天，韩国下了一整天的雨，如积累了百年的愁绪同时决堤，从原州一路到仁川，淅淅沥沥，交响着听不清是呜咽或是絮语。不想隔天岛国也是阴霾烟雨，我不禁怀疑，莫非云雨也一路南迁，如候鸟，今日湿了岛国的是昨日缠绵原州的冬雨？

那天偶然接到老友的慰问电话。她趁午餐时间从办公室打来关心近况，真是有心了。我才对她说，回国不到一周，忽而感觉韩国的两个半月已是异常遥远，仿佛他人笔下虚构的小说情节一般，完全事不关己了。回到了生活，回到了原点，再也找不回不过数天前独自在深山村野边走边想边落泪的情怀。那才可怕，那才可悲。我人生的两个半月，难道真是南柯一梦？梦里的人都走了，梦里的画面都退了，梦里的真实都虚幻了。曾经紧紧握着不忍松手的，而今放手一看，原来只是寒雾只是月影。我感慨对她说，如果人生是一首交响乐章，那现实生活就是主旋律，而原州的山月人影只是偶然响起的变奏曲，匆匆地来了又匆匆离去。

变奏曲再委婉绮丽，毕竟也只是梦一场，纵使在梦里我是曾经彻底地投入，以百分之一百的生命力去挥霍激情，近乎全然地忘了自己。喜也是大喜的，悲也是大悲的；欢闹也是喧腾的，落寞也是苍凉的。仿佛漫长一生起承转合的悲喜交集，都浓缩在这轻巧铿锵的曲子里，极致而华丽，些许悲壮，更多的是无可奈何。我甚至有时在怀疑，如我此等情绪大起大落之人，心绪敏感得无可救药，命必定不寿。用情太深，自然也痛苦万分；然活着若不用情，又如何领略生命缥缈朦胧的凄美，仿佛床前如霜的月华，宛若春蚕吐尽的情丝。我不止一回告诉好友，在心绪最煎熬时刻，若有得选择，我情愿自己不会写不会画不会感受不会感动，我情愿自己心思愚钝蒙昧，我情愿舍弃心灵细致幽微，我情愿放弃我左手的创作天赋，或许就能活得容易一些，我只想换来平平凡凡常人的小乐小苦。但有谁是可以选择的呢？情深不寿，是幸也好不幸也罢，学着接受就是一生的课业了。

离开韩国一周后才来到又一轮月圆。回到岛国，就让自己一直忙着，忙着与草根书室联办的小规模插画展，忙着开会，忙着与生活重新接轨。直到那夜回家路上，偶然举头望月，内心不期然还是隐隐悸动。这月此时此刻，照亮着岛国的我也俯瞰原州的山及首尔的人。那边降下的雪有多深，我无缘一睹，想应是素净如明月皎洁吧？我只能轻轻低头，走在没有冬天的12月街道，去吃独自一人很平凡的晚餐。

我们总得回归到人生的主乐章的，那才是我们这一生命定的旋律。

早秋的野姜花

是野姜花，成全了我这一代人成长的文化记忆。在我们之后，就没有野姜花的馨香了。

其实之前从没见过野姜花，若说依稀记得野姜花是雪白色的，逻辑上也不正确，从没见过，何来记得？但说也奇怪，那天我回过头望着山谷那方一片零零落落的雪白花束，竟毫不犹豫就确定那是野姜花了。

我的野姜花的记忆，原来就源自台湾民谣《野姜花的回忆》。

那是听刘文正黑胶唱片播下的种子。那年代的文人似乎好喜欢三月，三月里有小雨，淅淅沥沥下个不停；三月里也有微风，吹绿漫山遍野，吹得野姜花雪白又纯洁。朋友都说我太风花雪月，但不风花雪月就不会在心田凭空栽种幻想的野姜花，朴素、清雅，纤尘不染，洗净俗世铅华。那是我一厢情愿执着的野姜花，与山谷间餐风沐雨的野姜花相去不远。

那天是专程慕名造访山里的秘境的，当时满山秋雨，我们下了车打着伞拾级而上，明洁的玻璃温室满是访客，热热闹闹地蜗居在温室里，以为那就是秘境，将空山灵雨舍弃在玻璃墙外。咖啡馆客满，经理回绝我们进入，望着周遭烟雨，友人无奈，我倒无所谓，此处不留人，自有留人处。另一友人建议不如前往不远处的蒙马特。

沿着潮湿的山路漫步，我们一行4人，满山满谷秋雨悄然无声，偶有长尾喜鹊停飞树梢，也不扰乱山间静谧。就在不远的转弯处，一回头就见到山谷间的野姜花，内心甚为欢喜。拐了弯往山谷缓缓走去，路旁时有日式房舍庭院，山门紧闭不见人烟，抬头望屋檐后远方山峦，岚霭迷蒙，山色有无。

走了约20分钟，终来到一处不张扬却别致的咖啡馆大门，木板搭建，刷上青绿色，融入周遭景致，搭配手写的枣红色Montmartre，颇有几分法式乡间韵味。跨入柴门，里头别有洞天，偌大庭院，石径蜿蜒，两三栋矮小木屋含蓄地披上或鹅黄或粉蓝外衣，和谐地与山谷同在。一旁谷涧淙淙，天地山雨绵绵，虽少了秘境精雕细琢的简约奢华，倒多了几许乡野的朴实自在。

说真的，这才是秘境。不见供养在温室里的华美白玫瑰，只见木房子外山谷间一片率性野姜花。

离开台北前一天，友人带我去了一趟宝藏岩艺术村。她们指着村口一排的信箱及单位房号，笑问何时我也在村子挂上名字。从眷村到艺术聚落，我们在小房子里静静观看宝藏岩的纪录片《看不见的村落》。片子一开头就引了泰戈尔的诗句：“樵夫的斧头，向树乞求斧柄；树就给了。”

树成全了斧头，却可能换来牺牲自己，然树无怨无悔。成就一座城市，又有多少的牺牲是后人能够记起的呢？无可奈何也好，无怨无悔也好，很多时候你我都是别无选择的。我忽然记起某人曾经对我说过的 unconditional，又想起了 Shel Silverstein 的 The Giving Tree。我学了大半辈子，却怎么也学不会。在取舍的拔河里，我从来就不是那棵等了500年的树，更不是任云随意去留的巫山。我总是渴望一整座的山，让我一头栽进去就再也找不到自己。

都市人带着俗世喧哗，向山要了一片秘境；山便给了；我在山里舒适地喝了一杯咖啡，看了几遍的野姜花；下山时，身上也没沾染几许姜花清馨，依旧俗人一个。

蝴蝶香香

如芬芳的花化作缤纷的蝶，美好的生命必有美好的延续。

这阵子偶尔会看到韩国的朋友在脸书上分享春天花树的怒放。我就会想起土地文化馆宿舍外的那株白玉兰，此番应是怎样婷婷的景致。上回正逢秋冬季，若非韩国友人提起，还真看不出那不起眼的一株瘦瘦的树，到了春天会满枝头绽放雪白硕大的花朵。再平凡羸弱的生命也能爆发无限饱满的美丽。眨眼间离开文化馆已近5个月，错过了白雪皑皑，也错过了玉兰婷婷。

小时候可曾唱过这样的一首儿歌？“你看那边有一只小小花蝴蝶，我悄悄地走过去想要抓住它。为什么蝴蝶不害怕？为什么蝴蝶不害怕？呦，原来是一朵美丽的蝴蝶花。”都说蝴蝶是花的灵魂，花盛开时是静止的风景，花凋谢了羽化成蝶，肉身化作春泥，芳魂则四处散飞，仿佛继续为天地散播着美好和喜悦。

如果说蝴蝶果真是花的灵魂，那蝴蝶是否也如花儿一般，清馨而芬芳？

前阵子在草根书室“听风的歌”小型画展之后，答应了塔纳河生命基金会Tana River Life Foundation的邀请，捐出其中3幅原画《海芋》《照亮》《吹落》作年度慈善募款拍卖之用。4月10日拍卖晚宴当晚，参与幕后工作的老友第一时间发来简讯，通知3幅画均已卖出，且都高于拍卖价。接到消息后很开心。在业余时间随性创作的小图，有人肯出价标购，那是对我创作的认可；我的作品拍卖所得可用来帮助他人生活得更好，那是对我的作品价值的提升。小时候母亲老是说画画没前途，填不饱肚子，但我还是画了。从不敢奢望“钱途”，而是为了给他人带来美的喜悦，给自己带来美的满足。此回首次拍卖原画，才发现画画原来还是颇有前途的。只是这前途超越了金钱的收获，是难以取代的心灵的幸福与精神的富足。

填饱肚子固然重要，满足心灵更不容忽视；只是两者要如何拿捏，那是多少艺术家永远得面对的挣扎。我工作是为了生存，我创作是为了生命，这当中是必然要有所取舍，这既然是我的决定，就无怨无悔。而且我始终相信艺术应该是普罗大众的，而不应故弄玄虚，曲高和寡；清楚自己努力的方向，就不会太在乎眼前的一些得失了。

岛国有一种不起眼的花木却有着格外清丽的名称——香灰莉木。花季时节，枝头结满一簇簇细碎淡黄的香花，若打树下经过，香气扑鼻而来，无比清馨。在画画的天地里，我就能闻到蝴蝶的芬芳，我想象的或许就是这样的香气，如香灰莉木，沁人心脾。

如果说人生是要规划的，那你要放多长远的眼光来规划？10年？20年？退休后？直到告别式？物质生命终得完结，精神生命却可绵延，如同蝴蝶延续了花的生命。真的，再平凡的生命都能蕴含饱满的美丽，不起眼的玉兰花树到了春天就格外不平凡了。这才是我想规划的，在平凡的一生里，盛开素雅清丽的玉兰花；在平凡的一生后，羽化在天地继续散播美丽的蝶。画画到底有没有前途？有花有蝶有芬芳，足矣。

缅栀子的历史回廊

每个人都有各自的悲欢离合，每个人都一样活得很不容易。然再不容易，也是要正正当当活下去的。

上周六临飞前，Socheata带着友人前来酒店邀我喝咖啡。我们斜斜坐在庭院露天咖啡座的藤椅上，清晨微凉，一旁的缅栀子轻轻落下几朵白花。

来到金边之前，一直误以为Socheata是法国人。因为我们都通过电邮安排工作细节，加上她所隶属的 SIPAR，是在法国成立的非营利慈善机构。更主要的是，我们是通过法国友人凯特琳的搭线而认识的。凯特琳在金边开设了 Open Book，经营民间图书馆与童书出版。

周末缘故，Socheata 衣着格外休闲，头发随意松松地束在脑后，高高的颧骨下总是浅浅的微笑。经她解释，才得知名字其实源自印度，说送牛奶给佛祖喝的女子就叫Socheata。我真是孤陋寡闻了。又或者应该说是我对金边的误解太多。金边与我想象的毕竟有些距离。我没看到笔直宽阔的法式boulevard，什么古树罗列大道荫翳终究只是我一厢情愿的浪漫幻想。

此行乃应SIPAR 之邀，前来金边皇家艺术大学为当地学子主持5堂绘本插画课程。第一天，Socheata带着我跳上嘟嘟车穿街走巷，坑坑洞洞的马路车流混乱，尘土与垃圾，野狗与摊贩，咖啡座与寺庙，相安且无事。校园的朱红墙瓦是传统的建筑风格，据说和隔邻的国家博物院均出自同一法国设计师之手。大学课室没有冷气，校园没有Wi-Fi，虽是大专，学生依然穿着制服。

校园其实不大，相当破陋。回廊铺设红白相间的方砖，午后斜阳穿过廊柱打下斑驳的树影，煞是好看。偏远的一隅有一栋建筑，廊柱是一根根未上漆的古老原木，保留树身自然曲线，静静伫立着，人间历史再喧哗，它们终究只是沉默且坚定的旁观者。

抵达金边当天，酒店安排的士接送。的士司机用着简单的英语和我聊着，说现在年青一代都讲英语，法语是老一辈人的语言了。还说柬埔寨华侨潮州人最多，海南人则聚集在沿海一带。说着说着，又不免提到越南与泰国，说小小的柬埔寨夹在两国之间，说某岛屿的纠纷，说历史的纠葛。我一边听着，一边望向车窗外尘土飞扬的马路，只见到处都是工程在动土，台资、中资、港资、新马投资的商场四处扎营，到处都是opening soon。

大时代的跌宕成就大历史的悲歌。但大时代之下是多少无人知晓的老百姓的小故事。之前飞机降落时，窗外是云朵下的大好河山，农田如翠绿的百衲被，远山如沉睡的盘龙。河川细长如白练，一脉蜿蜒静好。谁又能想象这就是曾经红色高棉肆虐的炼狱？而今只要提起柬埔寨，依然让人联想起无数未经拆除的地雷。

Socheata对当地政府颇有微词，我说毕竟是人民选出来的，是不？她苦笑不语。但她还是乐观的，政府办不了事，民间就得自力更生。环境愈是艰难，生命愈是顽强。几天下来，让我印象深刻的，就是柬埔寨老百姓的和善、积极还有乐观。

在机上从高处鸟瞰一幢幢的小土房，全不知每一户上演着怎样的悲欢离合。人类的一切，回到历史的高度，又有什么不是过眼就成云烟，纵使曾经如何疯狂曾经何等轰然惨烈。

每一块土地的伤口都是会愈合的。下车前，的士司机笑着问我可给多少小费。我笑着回问想要多少。他说当然是越多越好，之后就要了4美金。我并没觉得反感，因为他还说了，谢谢我帮他赚了3个子女的教育费。我们都在努力活着，只要活得正正当当的，就好。

千年的
戚戚虫鸣

现实与一厢情愿，交织成文化故乡里那一曲曲千年的戚戚虫鸣，有些刺耳，又不忍断绝。

夏虫今天忽而噪得特闹，是因为进入小暑，晒了一日好日光，趁黄昏与倦鸟斗响?

唧唧凄凄，绵绵不绝，探头出窗，满空都是虫鸣交响。我住在华师海外留学生宿舍十楼，窗面向华师校园，前方就是数栋员工宿舍，是老旧的多层民房，屋顶立着铝制的筒型水箱，残照几抹夕阳下的金光。屋顶的洋灰石板都龟裂粉碎，像打了一场战，瓦砾狼藉无人理会，却有几株阔叶灌木任意且顽强生长。我俯瞰这众人遗忘的舞台，滚滚红尘都沉淀在楼底，仿佛任何悲欢离合都不会在这儿粉墨登场，反而多了一丝诡异的清静。

刚到武汉的前几天，天色阴霾，全无暑意。昨晚电视新闻才说今日正式进入三伏天，雨水渐少，气温转高，不想一觉醒来，果真是小暑了。我怕热，虽外头烈日没岛国猛，然走不到一会儿，还是汗流浃背。和武汉人挤地铁，陌生女子大咧咧硬挨过来，头发刚好凑向我鼻子。我眉一皱转过身去，努力让自己心平气和，我只是过客，一心只想去寻访物外书店。

物外二字，定是出自沈三白《浮生六记》卷二之“闲情记趣”——“余忆童稚时，能张目对日，明察秋毫，见藐小之物必细察其纹理，故时有物外之趣。”所谓“物外”，应当就是超脱尘世之外吧？以眼看之不如以心观之，用心观照，或许真能看到超然红尘的别趣。这武汉的夏天，仆仆沙尘，淋漓汗水，到处络绎的人流车龙，不绝的噪声人声，心一烦躁，倒也容易陷入红尘泥淖。物外在汉阳，华师在武昌，隔在长江两岸，距离是有些远的。

步出地铁站，按图索骥，往物外方向走去，不想龙阳大街大兴土木，成了大工地，不见马路不见人行道，人与车自行地在施工的大坑洞边缘走出不按牌理的头绪，似乎也能相安无事。我走得步步惊心，不想这物外之境，寻得可真不容易。

一番折腾来到书店，在商场四楼顶层，外有屋顶花园，植有修竹，简单的门面由黝黑原木砌成，如岩石山洞，洞口不张扬地写着不大的白色“物外”二字，还有英文店名“Beyond Book Story”，下边是一尾线条精简的鱼，如远古的原始壁画。踏入洞口，一排阶梯往下探入幽暗的天地，仿佛一跨入，就脱离红尘倥偬的武汉了。这幽暗，如华师校园四处散落的荫翳，打在红砖墙上，印在柏油路面，凌乱而写意。

然这物外，还是人为刻意的，毕竟是个消费而来的人文场所，偶尔传来刺耳的人声笑语，倒也是平常了。我想起方才4号地铁驶入过江隧道时，满车厢的人或玩着手机，或东歪西倒地瞌睡，或吃着东西，或对着手机叫骂，不知有几人听着广播的介绍，说这长江隧道长3点多公里，衔接着汉阳，而汉阳是钟子期的故里，我正驶向伯牙子期曾经高山曾经流水的幽幽琴韵。

毕竟是历史文化底蕴深厚的一方水土。以眼看之不如以心观之，心念转，即是物外了。

夏天的树青得格外森然。华师西门外就是繁华的珞瑜路，大街日夜只见人、车与建筑，不见树。树都被赶到校园里、公园里、郊区的山野里了。窗底左面是成片的夏林，若没认错，有梧桐，有杉树，夏虫成千上万躲在林子里，林子就是夏虫的珞瑜路。我拉起窗帘，却关不住千年的戚戚虫鸣。

满园森森的绿意

该说的都说了，树都倒了，满园的森森绿意已是历史。

真的，若是不去挑剔，任何地方必都有其美好的一面。

武汉的夏季天亮得特早，清晨六时许已是满窗明晃晃一片。我平日就习惯早起，但这等明亮总让我错觉自己起晚了。

梳洗之后，用早餐之前，特意到华师校园溜达一圈。若问如何描述华师的夏季，天气好时，就是满目森森的绿，绿得近乎渗着沉沉的湿意，光看是凉飕飕的，实际却是热，在森绿间走上一圈，不知不觉，湿都沾染一衣了。

时隔两年，重回武汉华师，两年前是冬季，上一回夏季到访已是三年前的事。华师外即是武汉繁华闹市，拥堵的车流，熙攘的人潮，拆迁的旧屋，新建的大厦，刺耳的车笛，堆叠的瓦砾，尘土、热气混浊，让人只想逃离，大家都活得不容易啊，但大家也似乎活得尽兴。我仿佛看到红尘，在尘世间打滚，难怪总有人渴望归隐清凉的山林。

从10楼宿舍的窗，可远眺高楼缝隙间隐约的一垄远山。我总在想这么热的武汉，在那山的森然丛林里头，应该只有汪洋一般的虫鸣吧？每回从武汉闹市拐入华师校园，越往园区内走去，越是舒坦。脚步慢了，心也慢了，仿佛每踏出一步，都是修行。这么森然的绿意，这么多挺拔的老树，或老樟树或悬铃木，或称法国梧桐，还有银杏、海桐花、桂树、枇杷、广玉兰、元宝槭，树底铺满一地的是一丛丛修长的吉祥草，我想这绝不是偶然的，是别有寓意。我们华人注重教育，向来就强调“十年树木，百年树人”。当我漫步在大道两旁森然浓郁的绿荫间，会不期然焕发肃穆且敬畏之意。这么多的大树，要多少代人才能如此壮观啊！这不是千秋功业，这不是任重道远，是什么？

朋友从新加坡发来简讯，说想写则寓言小故事，索取意见。看了之后，想起华师森然大树，于是提议把故事中的意象改为树木。朋友很满意，就把寓言分享出去了。小故事是这样的：“一片美丽的树林，有天突然来了一批伐木者，把大树一棵棵砍了开路。结果引发泥石流。于是伐木大队又急忙种草铺路。最后得意扬扬地逢人就说：该归功于自己计划周全，否则这片土地连草都没有。”

我想起先前在脸书看到友人分享某人的文字：暖一颗心需要很多年，凉一颗心只要一瞬间。真是颇有感触。百年大树，只需一人号令，即可瞬间灰飞烟灭。对人也好，对事也好，不是你说计划周全就能了事的，树一旦倒了，再将就补种一些草，都找不回森然的绿荫，满园如汪洋的虫鸣了。

华师校园内外是两个截然的世界；园里老树百年成荫，园外尘土飞扬纷乱。两个世界没有好坏之分，都是真实的。我永不做伐木者，也不屑与伐木者为伍，更不想呼吸在自欺欺人、削足适履的所谓理想世界里。就算只有我自己一人，也要走在百年老树下，谦卑地仰望枝叶蔓延交错成苍穹的浩瀚，然后感叹：这是多少代人的努力啊！

不是种植园

若在单一或多元的取舍之间，还需要考虑或争论不休，那就是我们的悲歌了。

我又回到这空置的校园，这雨树荫翳下破旧的石桌椅俨然化成我创作的后花园，有点破落，有点野趣，有点不工整，有点众人废弃后的恬淡恣意。星期日的早晨，邻国霸气的烟霾毫无歉意地一把将岛国笼罩着，仿佛理所当然的；世态就是如此，小国总得吃点亏。但无所谓，风水总会轮流转，小有小的正气，大有大而无当，也无须过于在意了。

远处是隐隐约约割草机嗡嗡的声音，树梢鸟语委婉呢喃，前方是前校园旧广场，几只野鸽在晨光下咕咕低语。有七八名中年人在广场一角练拳习武，他们在那头武着，我在这头文着，这后花园包容一切，树荫下各取所需，相安无事。

本周专栏这幅插图画的是我任教校园某角落的一棵大树。我特别爱看树，真的是百看不腻。闲来无事，总爱四处走走，留心周遭有趣的树木，当然也包括各类花草。我会观察整体树干枝叶的姿态造型，树身的纹理，甚至树与其他寄生、共生植物相互依存所组成的有趣画面。

有一回，我跑步途经某个私人住宅区，路的尽头是野生树林的外围，这一边是空旷的草地，另一边是浓密的雨林。我停下脚步立在草地这端仰望那端高耸的原始大树，太多纷繁的细节看得我眼花缭乱，几乎入了迷。我那一刻忽然意识到这才是真正完整的自然生态，物种或共存或竞争。大树挺拔傲然，顶天立地，奋而高耸迎向日光霖雨；而小树也不放弃存活机会，争取树冠筛漏的日光，活出一席之地；还有柔弱的攀藤植物，能屈能伸，依附大树攀爬，也能爬满浓密的绿叶，从高处垂下袅娜的须条，宛若雨林的一席席翡翠珠帘。当然，更有种类繁多的寄生植物，如蕨类，如野兰花，总有办法随风逍遥，填满高高低低任何可寄生的空隙。放眼看看，我们这片小巧翠绿的岛国花园，大部分人工打造，少部分野生保留。原始也好，人工也好，各有各的姿态，各有各的妙处，但都离不开一个共同性，那就是物种的多样化。红绿斑驳，高低参差，错落有致，才是审美的趣味。

但也不完全是为了审美。在同一片土地上，若都是单一的树种，井井有条地排列着，远眺一望，蔚然壮观，却也终究只是功能性、功利性的种植园，不是怡然优美的花园，更不是生机蓬勃的雨林。虽不失翠绿，却难免少了绿趣。种植园是为了解决生存，花园则是为了充实生活。自然界万物共存自有其大道原理，一片土地不宜长久栽种同一款作物，我虽不谙农耕之法，但也大略听闻轮流耕作、间隔种植及混合耕作等原理。长久栽种一款作物，即所谓连续耕作，有其不可漠视的弊端，包括影响土壤的肥效，破坏土地营养元素分配，加重单一虫害病害的严重性，甚至在土壤中积累冥顽不灵的有毒根系分泌物，大大不利永续经营的法则。

我们自然不能遗忘当初种树的人，毕竟把一片荒芜的土地开垦成大面积的种植园功不可没；然怀感恩之情是一回事，让土地得以永续经营百花齐放却是另外一回事。我相信我们都珍惜这一块小小的岛国土地，所以才希望它能化作生趣盎然的包容性园林。

人生是密密麻麻的幻灯片

我们是该认命抑或据理力争？做该做的事，尽力而为吧。

我们从来都没想过，原来老天下雨是那么让人欢欣的事，除非亲自体会了干旱天气的折腾。

正如历经烟霾的来袭之后，才能领略蓝天的可贵白云的可爱，世上的任何一切，真的都不是理所当然的。打从农历年期间，足足一个多月无雨。草地焦黄，开车途经碧山公园，两旁雨树高耸，粗壮枝干间寄生的蕨类植物都一丛一丛骤然枯死，满树挂满植物的焦尸，想起来都异常诡异，如一片死亡的黑森林，触目惊心。我们只能望天兴叹，期盼早日天降甘霖，然老天就是不给面子，除了苦等，也只能苦等。原来人定胜天，只是人不自量力的自我膨胀。就算是要人造雨，也还得老天愿意配合，在上空凝聚足够厚度的积云，才能如愿以偿。这只说明，老天是佛祖的五指山，我们都只是自作聪明自以为是的孙猴子，在指缝间跳来跳去，始终捉摸不透一个所以然。

前周末出席无界限讲坛举办的陈丹青讲座，题目是《母语与母国》。母语课题在岛国近年来变得异常微妙，只可惜陈丹青毕竟不了解岛国情况，并没能在提问交流时，与观众激荡出火花。我祖籍海南，从小却说闽南语，看港剧也学了皮毛的广东话，偏偏海南话一句也不会。全家只有父亲说着海南话，从来都没想过父亲心里有何感受。或许多少有些母语的孤独与落寞吧？而今我看到岛国小孩，都惯性地不说华语只说英语，那种母语的孤独与落寞是一样的。

入了学之后，华语就理所当然成了母语，也从没觉得有何不妥。大学上中国通史，第一门作业就是评北魏孝文帝汉化政策。当时懵懵懂懂明白了，中华文化从来就不是单一的，庞杂血统相互融合，多元文化彼此交融，其复杂性不是单凭华语能够概括的。所以什么是母语？现在回想，华语其实也不是我的母语，我的母语很可能是海南话，也可能是我母亲那方的客家话，甚至是我从小第一个听与说的方言闽南语。母语其实不是必然的，而是选择的，也是规定的。

我们随时都可能失去雨水滋润，失去干净蔚蓝的晴天，失去方言，失去所谓母语。但也正是由于失去，才会让我们明白，我们从来都不曾真正拥有过。眼前的一切以为是真的，原来只是偶然闪过的幻象，捉不了的，留不住的。一个一个的幻象一闪而过，有些美好有些不堪，都只是一闪而过而已。当一连串的幻象都闪过了，我们的故事仿佛也就结束了。人生，说穿了，就是一组密密麻麻的幻灯片，我们只是自己人生的观众，不一定都是编剧或是导演。

政策使然让华语成了我的母语，社会发展令方言在岛国面临枯萎，如雨树上等不到甘霖而枯死的蕨类植物。这或许就是天命了。有太多事情是我们都无能为力的，我们停止不了干旱无雨的异常天气，我们阻止不了邻国霾害的卷土重来，我们想力挽狂澜但也避免不了母语的孤寂与落寞。古人智慧早已说明：尽人事，听天命。天命早就决定你我一切，我们唯一能做的，就是把该走的路都走好，那就够了。

我们必须深感不足

人生是自己的，懂得知足方能活得无忧；国家是一代又一代人的，必须深感不足方能代代传承。

8月9日，赖在床上直到10点钟才懒洋洋地爬起来。那是何等奢侈，跟着就磨蹭了好一会儿，慢条斯理地吃着鸡丝面，更新了脸书，洗了澡，拎着电脑出门打稿。虽已过中午，天色阴凉，不见惯常烈日。先兜去咖啡店买了kopi-c，再信步前往打稿的角落，路上交通不忙，鸟语断断续续，一滴汗也没淌下。真是美好安逸的一天。

一路上脑子直打转，思索稿子该写些什么。小图昨天先完成了，作画时也没特定的目的，之前在网上看到植物园分享了新培植的金禧国庆兰花，粉紫色，颇似国花卓锦万代兰。就想以兰入画。想起那天在“李光耀图与画的记忆”分享会上，有朋友说看到我创作上的“突破”，因为终于在我的插画里寻找到岛国的特色。我微笑不语，其实我从来就没刻意要添加岛国特色，就算画了也完全不岛国的。我画的只是一种想象的美的画面。美，是不分岛国不岛国的。就像这回画了小女孩灌溉金禧万代兰，左看右看也毫无岛国的味道，那也无所谓了。

植物园今年获选为世界文化遗产，对独立仅50年的小岛国而言，算是大壮举了。50岁的国家太年轻；50岁的人生却已是大半辈子。熟悉我专栏的朋友，应该晓得我有个习惯。周末黄昏出外运动，总会绕道公园旁寺庙的灵骨塔，同先父聊上几句。大部分时间塔门紧闭，只能独自隔着门和父亲说着话。都是自言自语聊些很琐碎的家常，偶尔则会汇报工作上的近况，出了几本书，办了几场活动，接了几项任务。但很少触及心事，一来难以启齿，再来不想父亲担心；所以总是说，我们一切很好，都很好。

但那天，却对父亲说：我开始感到害怕。

我又在门外喃喃低语，细数近年的努力，才发现从英国回来，一晃已是4年多；而再努力多几年，就将年届50。内心微微一颤，对于50岁我尚未做好准备，正如当年还没意识过来，30岁就没了，40岁就完了。我们的人生就如坐着过山车，年少时总巴不得越快越刺激，到后来才明了一切太快太刺激。

据说是犹太人的名言：如果你只是等待，发生的事情只会是你变老了。世间最残酷的莫过于时间；而更残酷的，莫过于任由时间流逝却什么也不做的自己。我们这个年纪不算老，但我们也不再年轻，我们处在一个凡事都迫在眉睫的人生阶段，正是这种迫切感，让我隐隐感到惴惴不安。

小岛国迎接金禧国庆，先辈胼手胝足换来50年光辉岁月，打造花园城市的奇迹。这么小的弹丸之地，如汪洋中一点不起眼的浮萍，载沉载浮力抵波澜；不，我们不是浮萍，我们是一面荷叶，把根扎得稳稳的，傲然承接风雨，化作一颗颗晶莹露珠。

小娃娃高举云朵的棉花糖，为金禧万代兰灌溉雨露。打稿的角落绿意盎然，树木扶疏，这么美好的花园城市，接下来的50年又将如何？或许对于人生，我们要学会知足；或许对于家国，我们必须深感不足。不足，才能永远进步，我们是没有权利安逸的。再过50年，你我都不在了，但我们一定要确保，岛国兰馨如故。而这，不也是我们这个年纪更大的迫切感吗？

雨一定会停的

下雨时若一心只期待天晴，那不就错过雨天的风景？

迁入新的临时办公所之后，每个清晨就会走另一个方向往餐厅吃早餐。然后就会在固定的时间，在转角处遇见同一名印度女清洁工。其他人扫的是满地枯黄落叶，她扫的是满地素白星星。

其实也不是真的星星，而是白色花朵，细长的花瓣开成5片，末端微微朝同一个方向卷成细钩，如旋转的风车，飘坠时在风中打转。

轻轻掉落地面，则如印在夜空的白色星星。

小白花来自两棵不知名的灌木，都长成了树，约有2米高。这灌木我观察多时，似乎常年都开着花，常年都落着花。经过时，枝头青绿阔叶间总不乏白花绽放，而木下石灰走道上也必定铺着点点碎花，如霜如雪。这是多么奇妙的生命力，清雅素净，细水长流。然后我就想象，这转角处每个夜晚，都必定要上演一场空灵的花雨，纵使没有夜来风雨声，星星也会轻轻落下，周而复始，生命流转，到了天微亮时就等着女清洁工来打理。

这女清洁工，定是前世做对了什么，花雨才选择了她，仿佛白色星星是专为她而每晚轻轻飘坠。

前两周开斋节那天，在草根书室为新绘本《寻找》办了发布会兼水彩原画展。当天同到场的朋友聊了旅居韩国期间创作《寻找》的一些小故事，聊了山，聊了水，聊了月，聊了雨。我在韩国原州土地文化馆就住在山水间，自然画里满是山色满是水意。

而这水倒也真的成就了《寻找》里的每一幅水彩原画。皆因当时我每天都会到山脚村口的溪流取山泉水，用来调匀水彩作画；我总一厢情愿地相信，画里因此而多了一缕山水的灵性。

我还聊起了“月房子”的小故事。书里有一幅插画我以居住的房间为背景，落地窗外是层层远山，山上一轮失眠的满月。有一名韩国小说家朋友看到这幅图很欢喜，高呼：“This is my room！”原来他上回就住在同一间客房里，他认出来了，不断看着画微笑着，最后干脆把画定名为“Moon Room”，颇有诗意。

但那天我没聊太多的文字。其实绘本里头的文字，我都刻意写得很轻，轻得宛如蜻蜓点水，如漫天的蒲公英种子。因为我相信读者必能领会文字背后的余韵，那是荡漾开来余音袅袅的涟漪，在心房里回荡着，也在心田里扎了根发了芽，开成属于你自己的蒲公英花球。

那天上电台预录访谈，DJ朋友翻着《寻找》，心有灵犀地就念了书中候车亭听雨图那页的文字：

“雨会停的，一定会停的。”你说。我们听着雨点滴滴答答从屋檐落下，找到了平静。

然后就若有所思地微笑着，也没赘语补充什么；我也只是微笑点着头，因为那一刻，我知道朋友心里明白了一些没说出来的感动。也不必说了，就放在自己心里好了。

好的会过去，坏的也会过去，一切都会过去的，人生就是如此。花开了，就表示花会凋零；花谢了，就意味新的花会绽放。所以请相信，雨会停的，一定会停的。雨在下，我们就安心听雨滴滴答答；雨停了，我们就去放纸帆船吧。

不期而至，不期而逝

不期而逝让脆弱的生命更显珍贵。活着如此难得，至少得灿烂一回。

这期间你内心是否春意荡漾，骚动几许，欢愉难以自已？

周六是清明正日，一早赖床，已隐约察觉风雨将至。清明时节果然雨纷纷，只是周六那场雨颇为滂沱，醒来后一边画着水彩，一边担忧着娇弱的粉花，不知昨日还饱满的生命今日已凋零几分？

近来岛国忽而繁花处处，一树一树或雪白或粉红，一簇一簇怒放枝头，大可媲美樱花胜景。好多年前，曾听友人说过，此花树称风铃木，花做喇叭状，柔弱易谢。国人无不欣喜，纷纷拍照分享，脸书霎时无处不飞花。

周五到星烁初院给修中文的学子分享绘本与文学创作，就喜见校园四周花树标致，不忘提醒听讲的年轻朋友，别辜负繁花盛情。年轻的心是骚动的，骚动的心需要自己的语言来宣泄。若你在花木前，内心还有隐隐的骚动，那就表示你还有难以舍弃的青春。若你看着一地落花零碎，内心焦虑地翻箱倒柜，渴望寻得最贴切表达那难以捉摸的感动，那就表示你还有蠢蠢欲动的浪漫。我们其实都需要文学，需要艺术，尤其是在年轻的时候。当大地给了你难得的春光，你却哑然得不知如何言语，那种苦闷，那种可惜，是一辈子的。

我们为避开人潮，前个周末就举家前往清明祭拜，当时寺庙临时搭建的帐篷还没安奉好先人牌位。周六午后雨势渐退，黄昏往碧山公园跑步，之后顺道绕去公园旁的寺庙，给先父问安。帐篷内寺庙安排的祭品整整齐齐摆放长桌，先人的牌位也整整齐齐按序排列墙上。我看到有些家属在先人牌位上轻轻地别上一朵花，小小的轻轻的粉菊。思念有多重？有时候太重就反而不知多重了。我合十给父亲行礼，然后还是那句老话：爸，我们都很好，你放心。

任何有生有死的存在，不都是不期而至，不期而逝？正如青春，刹那间就来了，还没回过神来却已老早就溜远了。大自然还是相当慈悲的，前阵子给了岛国酷暑难耐，只要熬了过去迎来甘霖，也不忘给岛民繁花的惊喜。只是良辰美景奈何天啊！同样是一场霖雨，会将繁花折杀几许，谁又能知？

清明黄昏，寺庙祭祖的人潮依然不减。走出临时帐篷，想那上千的先人牌位，都曾是精彩的生命故事吧？生命不在于长短，在于美好缤纷。我们的故事还在进行着，也不知何时就将结束，能不能也效仿岛国骤然怒放的热带樱木，纵使一夜风雨过后悄然零落，却至少曾经一度怒放极致？

勾描自己的年轮

我真希望未来的文明，是人类让路给树木，让路给森林，让路给天地万物。

如果此刻能坐在那后花园老雨树下的石桌椅打这一篇稿，那该多好！奈何邻国烟霾不见好转，多少蔚蓝青绿黯然失色，只能窝在房里爬格子，只好让想象驰骋：那空置旧校园一隅，长廊转角处的老雨树，纵使烟雾笼罩，应也不失其傲然挺秀之姿。两大枝干，如舞者长长的水袖，一横空抛甩，一往上挥洒，柔而苍劲；老雨树仿佛在天地间独舞，不惜上百寒暑只为臻至绝美境界，舞出天上人间。

一时好奇，上了国家公园局网站查询，才得知在我们这一片小小岛国，记录在案的原生植物种类超过2000种，而全岛拔地而起的树木，总数约200万。若按照最新的岛国人口总数554万计算，那相当于约2.7人共享一棵树。根据2005年美国国家航空航天局的统计，全球人对树的比率，估计为1人对61棵树。作为岛国城市，我们自然无法奢求太多，然如若能将比率调整至1人对1树，那我们就还得种多一倍的树木，不知能否办到呢？每个人都能认养一棵属于自己的树，那也是不错的。我又胡思乱想了，未来的城市或许都是尽可能把地表面积退还给自然的，而人或许都躲入地底了。人类文明往地下发展，让地面逐渐回归原始，我们不需要树木让路，我们让路给树木，何尝不可？

虽然当前做不到一人一树，我在想，只要愿意用心看树，那满园的树就都是我的了。那废置的旧校园，园里树木千姿百态，却往往空无一人，独自坐在旧石椅上，这俨然成了我的后花园。我不拥有这儿的一草一木，这儿的一草一木已拥有了我。

伊势英子是我最喜欢的绘本插画家，她淡雅写意的水彩插画，让我欲罢不能前后收集了8本她的作品。而她作品里最常见的主题，就是人与树；她几乎画遍了日本及法国的树。其中有两棵巴黎树龄超过400岁的刺槐，她把一棵放到《书的手艺人》（又名《卢利尤伯伯》）里；而另一棵则画在《像大树一样的人》里。她旅居法国期间，常往巴黎大植物园去观察草木四季的变化，把聆听到的树的声音，都化作作品里的流光溢彩。

有一天，我也真想好好地把岛国有意思的大树老树都画下来，收在一本绘本里，让世界也知道我们的雨树、青龙木、木麻黄、香灰莉木、黄盾柱木、海杏仁、风铃木、桃花心木……不然就躲到植物园的百年绿荫里，不问世事地用画笔记录园区珍稀而亘古的一圈圈年轮。

但我更希望的，自己来生是一棵被遗忘的树，生长在一片被遗忘的林子，该发芽时发芽，该抽枝时抽枝，该拔高时拔高，该落叶时落叶；如果能开花就开花，如果能结果就结果。如果能让枝丫伸展到云端，就偶尔让远游的云栖息，筑一朵棉花似的巢；如果不能，那就尽量垂下枝头，圈成一片深绿的荫翳，让跳过的松鼠躲入梦的影子里。只需要一块足够的沃土，也不侵略，也不扩张，不需要浪迹天涯，却愿意放手让种子随风而去。怡然自得，无欲无求，安分自足，不动如山。

来世，我自己就是那一棵树，我自己就是那人迹罕至的后花园；用岁月的画笔勾描一圈又一圈自己的年轮。

大树之大

我写了好些有关树木的文章；每一回谈树，都有新的体会。树，总让我百看不厌。

一棵大树已经不是一棵大树这么简单了。

在义安理工学院任教这几年，对偌大校园各角落虽不至于了如指掌，然偶尔闲来无事，也喜欢独自静静地在园区信步走走看看。有那么一回就偶然发现偏远另一院校的小食堂，规格不大，倒也窗明几净，翻新之后设有玻璃落地墙，就欣然到里头买了一杯热咖啡，择一角落，闲看墙外风景。

这风景真的是不错的。有个木架搭建的简单凉亭，不知名的攀藤植物缠绕成荫，还开着浅紫色的花卉，犹如牵牛花。凉亭下有石桌椅，染着岁月风雨残留的灰黑苔迹，或许是许久没人来对坐谈青春叹梦痕了。这也对，这院校不是人文学院，工程学子难解这等花影弄人的幽微风情。

凉亭后是几株老雨树，树冠如盖，蔓延成一大片日光透不下来的私密版图。这几株老树很好啊！我老觉得校园什么都好，就是树太少，大树老树更少。近年学院大兴土木，新建筑如雨后春笋，过程中倒也牺牲了不少老街树，有时从一端赶往另一端上课，走在沛然的日光下，不免怀念起清凉斑驳的大片树荫来。每一所大专学府里应该都有像样的历史老树，如图腾，如定海神针，如让人将信将疑的悠远典故。

两周前，由于原有的办公室进行翻新，我们迁往隔几座的临时办公所。原有的办公室在学院山坡顶端6 楼，可以眺望武吉知马山。临时办公处却在山脚下学院的偏僻边界，隔一道绵长的樊篱即是警卫森严的军营。开始觉得有些不便，甚至冷清，然渐渐地倒也喜欢上周遭的清静。由于是在山脚，每回上课得经过生命科学院系的几道阶梯，爬上爬下，这才真正看到躲在院系建筑夹层的一道青绿。

是一道夹在斜坡处两栋建筑间细长的天井走廊，冷冰冰的建筑皆因这道日光青绿，而有了生命之气。廊道分左右两端，各一端拔地而起3 株擎天大树，足足6、7 层楼之高，往天井顶端的那一裂缝蓝天碧日奋起伸展。

是什么树不得而知，粗壮的树身笔直得毫不马虎，枝干并不横向伸延，阔叶深绿。一个人环抱双臂也合不拢，应有相当年岁了。这廊道是近年刚修葺一新的，铺有人工绿色草坪地毯，周遭设有桌椅，供年轻学子疏影下谈心温书，清雅得很。换言之，这一排老树应是早年就种在天井了，或许已有大半个世纪。学院翻新时，把老树都保留下来，成了不动如山的守护神，守护历史的见证。

有趣的是，这些老树都爬满藤蔓纠错的大叶绿萝，甚至寄生着一丛丛茂盛的蕨类植物，倒更平添几许年岁的自然野趣。

是了，我似乎这才真正了解什么是热带雨林的大树。它之大，是不淘汰年岁缓慢寄养在它身上的任何生命轨迹，或许是青苔、藤萝、山苏、蕨类植物、野生兰花。原来真的，一棵大树已经不是一棵大树而已了。一棵大树是一种气度，容许共存，扶持新生。一棵大树可以独自傲然于天地，它允许自己孤独，却以宽阔的胸襟厚实的肩膀，默默地，不喧哗地，让许多寄生依附的生命，不再孤独，不再无助。

空留雨树
苍劲依旧

花季是世间唯一可信的诺言；爽约的，唯独人。

我不是溜进来的，我是光明正大由敞开的正门悠闲信步迈入。一手提着装了电脑的布袋，一手轻轻晃着纸杯装的黑咖啡，不远处硕大老雨树下的石桌椅，就是我这回打稿的理想角落。

这是一处空置的中学校园，占地颇大。20 世纪 80 年代末的校园建筑风格，正正方方一板一眼的，倒有几分复古的况味。难得的是园内绿地颇多，远处一端紧挨着山坡的是而今蔓草丛生的操场，没了以往恣意挥洒的青春汗水，反成了蹦跳绿虫子的热闹乐园。

十来棵足足十来层楼高的巍然雨树，树上枝干如灵蛇狂舞，奋然往四方扩张，随意抬头，透着光的零碎绿叶微风闪动，如一池粼粼湖光；树下盘根错节，是沉睡的龙的化石，因风化而龙脊破土而出，嶙峋绵长，高低起伏。我想当年定有不知多少年少骚动的心，坐在树根上哭过笑过伤过爱过。老树根在天地间不动如山，却悄然爬上少年的额头眼角，一不留神就镌刻成岁月的皱痕。

整座校园人去楼空，只留下了数亿年前就开始流浪的风。校园不知还会空置多久？而老树不知还能苍劲多少年？我是偶然的过客，石桌椅上光影斑驳，虫鸣凄凄鸟语喃喃，清风卷着地上的雨树枯叶絮絮翻动，仿佛滴滴答答零碎的落雨声。若哪一天校园不在了，老树也倒了，我这过客也就只好另寻栖身之所了。

朋友们都知道我爱树，爱年老的大树，更爱缤纷的花树。也不知是因为身在岛国，而养成对树的依赖；抑或天生骨子里就是离不开树？往往总是，只要有可靠的大树庇护，心总能渐渐平复，思绪灵感也就能与天地接轨，虽不至于下笔如有神，但也多少离逍遥不远了。

这一两周岛国又悄然迈入粉色花季。早为国人所熟知的风铃花已在各角落纷纷开落。那天脸书的友人捎来信息，说岛国西部某小公园，有花树正开得姹紫嫣红。看照片，不是风铃花，一树粉红，倒有几分像樱桃木。

我趁午后空当，驱车按路线图从学校绕到不远处的小花园，果真找到了“樱桃”木。树并不娇小，但与周遭高大的风铃木一对照，就更显玲珑娇羞。风铃木撒落或白或红的花朵，覆盖公园大片的绿地。“樱桃”木的花儿细细点点，规规矩矩地轻轻覆盖根部周遭小小的一圈，如一圈微微泛红的细雪。缓缓绕着树漫步，抬头仰望，见枝头花已稀薄，不免微微感到惋惜，花树最美好的时光，我没赶上；而美好，总太短暂。后在脸书上提起，朋友留言：花季会再来；下一场，为你盛开。

花季是世间唯一可信的诺言，年复一年绝不爽约，总能兑现。上网搜索，得知“樱桃”木实为越南黄牛木，属落叶乔木，满木新旧树叶更替时，枝头就会小小粉花怒放，远看犹如笼罩着一抹淡淡嫣红的云霞，让我联想起年少背包远游，在大理古城春天邂逅的樱桃树。已是近20年的往事，那古城的樱桃树而今是否安在，早已与我无关了。世间有多少角落一生只会去一次，有多少树只会看一回，有多少人只会擦一次肩。花季虽会再来，只是人呢?

青春的欢笑声走远了，如一抹惨然而朦胧的青绿永不回头，空留雨树的老根苍劲依旧。还有流浪的风，数亿年了，也依旧。

一棵树是宇宙

我们总以为我们支配了宇宙；实则是，我们迷失在宇宙的浩瀚无垠之中。我们以为自己都很重要；到头来，我们只能化成不起眼的一缕青烟一堆灰土。

循香觅来，我看到一整棵树的宇宙；有些星星不是用眼睛辨识的，是用鼻子领受的。

前阵子是凤凰木花季。住家附近有两棵高大的凤凰木，火红的花悄然燃烧树冠，一阵风雨过后，满地斑斑胭脂红泪，颇有几许花间长短句的幽怨。凤凰木在本地似乎已不多见了。青龙木倒是常见，都是小学时科普课本上学过的，还包括雨树、棕榈、扇形芭蕉，什么树状、树高、叶状、花型花色、果实特征等，一年开几次花，结几次果，逐一背了下来，虽已记不得太清楚，但也在心田里扎了根，这是我们的树。

只是这青龙木，我记得开花时应也是金黄色一片，然搜索记忆，竟也记不得上次见到花开，是多久以前的事了。小时候，老喜欢收集各种树木撒落的果实。青龙木的果实很特别，扁扁圆圆的，如忍者小小的飞镖，借助风力往远处散播，或许就是乘着风的翅膀，努力往梦想靠岸吧？

倒是有一种树是近年来才识得的，有个很好听的名字，叫香灰莉木。那天下了整天的小雨，空气很稠很潮湿，似乎垂挂着湿透的轻纱，沉甸甸的。我打碧山公园经过，心里挂挂地盘算着一些琐事，无心风景。走过某处忽而迎面袭来刺鼻的清馨，浓郁得几乎随手捉一把就可藏入口袋里。猛一醒，举头一探，果真是香灰莉木。满树结满一簇一簇绣球般米黄色小花，低调得毫不起眼。因之前风雨，树下也洒落一地五瓣花朵，点点碎碎地，若非细看，真不知是陨落的星辰。

本地最著名的香灰莉木，你我应该都有印象，就是植物园里天鹅湖不远处那一棵老树，据说已200多岁了，有一根向横伸展垂落的枝干，得靠支架托起以免折裂。200多岁的香灰莉木，是沉沉的幽香了吧？而这沉沉的幽香，都是来自细碎而不华丽的小花，纵使结满一树，也毫不起眼，无从引人回眸驻足。

这几周是香灰莉木的花季，花兀自悄然盛开着，木兀自欣然馥郁着，我们倥偬过活，又有几人思量着？满树的花，满树望不见的星星，香灰莉木就是一树的宇宙了。宇宙有多浩瀚？浩瀚得根本不知如何识别宇宙的存在。不计其数的小花静静绽放，犹如在这城市夜空，满天星斗一直都在，纵使虔诚仰望，却也看不到几颗了。甚至是我们都忘了看，或是眼看着，心却盲了。我们这么渺小，但我们又那么自大，大得只看到自己，却又看不到自己就迷失在这宇宙里头。

近来在网络上有一组照片引起广泛关注。那是舟山枸杞岛的绿色荒村。荒废的村落，渺无人烟，大自然入住了，带来了藤蔓，带来了苔痕，带来了原始的怡然自得。绿，吞没了一幢幢的石屋，把人为的一切都还原给自然。有一天，如果真的人类都消亡了，大自然还是大自然，不会落泪惋惜的。

住家外大路两旁就是长长两列巍然的青龙木，几乎每天经过却不曾记得树何时开了金黄花朵，飘落几多圆形片状果实。原来我们一点儿都不重要的。就算我们没看到，就算我们不知道，青龙木还是好好地花开花落，苍穹依然是按自然规律斗转星移。

不动物园

无论生活如何艰难，都能活出开心的篇章。

我的记性向来不好，许多的往事都只记得模模糊糊，仿佛发生过，仿佛又像是胡乱拼凑，瞎幻想的。而且记忆这回事也挺有趣，重要的事反而记不全，偏偏印象深刻的，全是一些无关紧要的零星琐事。

我小时候养过许多小动物，其实应该都不是我养的，是哥哥姐姐们养的。小时候住乡下，野猫野狗大老鼠平常得很，邻居养鸡养鸭随处可见。哥哥们带着我往林子里钻，在小溪流轻易就可捞到孔雀鱼，还有水洼里一长串黑黑点点的青蛙卵。家里的常客则是长脚大蜘蛛，总吓得母亲取热水直泼，我们则都躲到母亲身后，边笑边尖叫。

或许乡下长大的小孩格外喜欢动物吧？迁入组屋后，我们还是养了不少宠物，有兔子、松鼠、白老鼠、苍鼠、小狗、小鸟、观赏鱼、小龟、小青蛙等。但说来有趣，我这么喜爱动物，小时候却从没去过动物园，因为动物园需要入门费。现在回过头一想，又何必去动物园呢？那时候我的生活就是动物园啊！

不过话说回来，我其实是去过动物园的，而且是很不一样的动物园。如果没记错的话，印象中植物园依稀有很大型的，由植物修剪成的动物造型。那是父母口中的红毛花园，我们一家人去过，我和哥哥姐姐欢喜绕着动物造型戏耍。那也不算是野餐，没吃的也没喝的，就只有很绿的草地、很亮的阳光、很淋漓的汗水、很开心的欢笑；当时自然更没有照相机，小时候的一切都没留下任何影像画面，唯一留下的就是模模糊糊的美好印象。

父亲笑眯眯地说："这样也算是到过动物园了。"我抬头仰望那些庞然且不动的动物造像，想象它们都是大恐龙。我不记得自己是否曾经嚷着要去动物园，或许是父亲自己觉得过意不去，没能力带全家到动物园一游吧？但我想子女对父母都不会有任何解不开的怨的。真的，去不去动物园老实说我也无所谓，至少我们一家当年就去了不一样的动物园，我们去了"不动物园"，也是很开心的。

我上周把插画放上网页分享，没多久就有读者留言说也记得这些动物造型。原来真的不是记忆在开我玩笑。我本还以为是自己的想象作祟，把动物园、植物园、全家出游等元素重叠一块儿，一厢情愿地胡乱编出这些动物造型。看来一切是真的，当年爸爸妈妈的确曾带着我们一同畅游植物园，那属于我童年最别致的“不动物园”。

写到这里，忽然又记起一件小事。父亲申请组屋拿到钥匙那天，带了我们全家到新居看看。新居位于10楼的一个单位，是该座组屋最高楼层。哥哥姐姐进屋后兴奋地在客厅及房间兜转，玩着水龙头的自来水，感觉3房式组屋神奇得如大殿堂。我当时只有5岁，父亲一把抱起了我，来到厨房的长窗前，俯瞰眺望最远最高最辽阔的风光，还问我高不高，怕不怕？我记得当时紧紧捉住铁窗花不敢放，我从没看过这样的景色，这么高这么远这么一览无余，然后父亲就把我抱得更紧了。很奇怪，我之前全无父亲抱过我的印象，这一回却记起来了。我又记起了外甥女很小的时候，我也喜欢抱着她在窗旁眺望着远处的小小的楼房，小小的车子，小小的树，小小的云。那时她刚牙牙学语，喜欢喝可乐，老念不全，只会说着：pi-co-la.

毁灭只是一种转换

没有破坏，又何来创造？只是恶意的破坏毁灭，与善意的开创打造，该如何界定，谁又能说清呢？

我很喜欢神话故事。小时候有一回，晚上睡不着，起床看到姐姐在看电视。黑白的画面正播放印度神话旧片。虽然完全听不懂，也不了解神话中众人物之间的关系，却不影响姐弟俩守在电视前看得津津有味。每回出现腾云驾雾，或是天神大发神威的奇特画面，我都会双眼一亮，惊叹不已。那是个容易满足的年龄，始终相信魔法神迹是真实的，不然大人们为何要大费周折拍成电影呢？

好些年前，曾只身到吴哥窟众神殿朝圣一趟。那是精美石头浮雕堆砌而成的神话化石，在化石面前，没有人是不感到瞬间卑微的。我们都是时间的俘虏，仿佛只有化石，能经得起岁月的奴役，成了倔强的傲骨。如此大面积的鬼斧神工，没有完全的虔诚绝对不可能成就。或许我们卑微，多少也是因为折服于古人这完全的虔诚吧？

吴哥窟是个统称，并非单指一座神殿。欲进入遗址，需购买准证。我当时雇了一名年轻车夫，申请 3 天准证，由他开电单车，送我到境内各角落参访各大寺庙殿宇。记得在偏远的一处不知名的遗址，规模较小，散落着大块乱石，模糊的浮雕如同古诗词残留的个别意象，再也拼凑不成完整的意境。这里没有佛教的遗迹，没有佛像石雕，在阴暗斗室般的主殿内，祭拜的是一根圆头石柱。车夫告诉我那是林加，是神的生殖器。

后来我才知道，林加的膜拜与印度教的神祇湿婆有关。湿婆是毁灭之神，然而在印度神话观念里，毁灭与破坏其实正是再生与创造的一体两面。湿婆是印度神话中三大天神之一，林加正好代表了他再生与创造的神力。

以破坏性的创造来认识人生，或许就能让我们看到生命不一样的诠释吧？小孩子抓起笔，总爱任意地在墙壁地板上宣泄创意，那不是故意捣蛋，而是自我意识的创造能力萌发时，展现的无比亢奋。有些人看成是破坏性的涂鸦，有些人却当成是转化为艺术的潜能。把洁净的白纸涂花了，才可能涂抹成绘画；把完好的花布剪碎了，才可能缝补成衣裳；其实仔细想想，我们每天不都是在破坏中进行创造的转换？璀璨的烟花不也是在爆破的那一刹那绽放开来的。把破坏转换成艺术的可能，可以让我们在看待毁灭时少了许多的恐惧与压力。我们一生中面对大大小小的毁灭无时无刻在所难免，所有的存在终将面对毁灭，包括你，包括我。

不久前网上转载一帧照片，是一张全家合影，一家人靠得紧紧的，笑得很幸福。只是背景异常耐人寻味，狂烧的烈火正吞噬着一栋房子，这一家人的房子。原来他们的家着火了，火势太大，无法及时扑灭，干脆和家园来张最后的合照，苦中作乐。

毁灭只是一种转换，有一天我毁灭了，或许会转换成大气层里的一朵云，等着酝酿某人心动时的泪珠；或是土壤里的养分，等着成就某一朵花的绽放。大火或许吞噬了家园，但大火也成就了一张弥足珍贵的全家福。

心智未开的春天

人都太聪明了，所以我们才要时时刻刻以“难得糊涂”自我点醒。糊涂了，才会谦逊。

1.

一时好奇，上网一搜，花了2个多小时看了《一代宗师》；果然，片末宫二那段告白戏，李安说章子怡是交货了。愈是不动声色，愈是耐人寻味。一片江湖，身手再如何了得利落，终究还是人不是宗师。东北风雪中舞弄着六十四掌，仿佛八卦万象皆了然于指掌之中，殊不知人心智之复杂，毕竟难敌命运，所以才有遗憾。人生若没有一丝一毫的遗憾，那该多无趣啊。

心智未开的阶段是人一生的春天。

心智一开，人变聪明了，也变复杂了，反而可怕。那是一种代价，单纯不再，越走越是茫然。

前阵子翻阅傅佩荣的《自我的意义》，在介绍斯宾诺莎的哲学时，写着："人是所有动物中最伟大，也是最可怜的——可怜的是人居然会自杀！"求生是一切生物的本能，唯独人会违反生命原则，自我了断生命。这肯定是上苍跟人开的一个玩笑，他打开了人的心智，却也启动人类错综复杂、足以害己害人的智慧。还记得中学时上儒家伦理课，老师解说人与牲畜最大的差别，就在于人有道德。后来想想，说有道德，自然就意味着没有道德。可以这么说吧，人是唯一懂得做出违背道德行为的生物。

2.

书架上好些年前买的绘本《流浪狗之歌》，不知搁到哪个角落，怎么找也找不到。

因为一部日本影片《第7日奇迹》，想起了绘本，想起干净利落的炭笔素描绘图，想起故事中在公路上狗遭主人抛出车窗的一幕。车子扬长而去，狗还尾随紧追。人一旦背叛，就是铁石心肠的。

一条生命，在人的心眼里，原来可以像随地吐口浓痰一般，弃如敝屣。

影片叙述一条流浪柴犬，由于遭前主人无情遗弃，对人不再信任。流浪多年，还生了一窝狗宝宝，后遭收容所员工神崎彰司捕获，极力反抗。日本野狗收容所规定，7日内若无人领养，流浪犬就得人道毁灭。神崎彰司想尽方法化解柴犬对人的敌意，甚至窜改收容期限，遭上司谴责，迫不得已必须将柴犬处以安乐死。用 7 日时间决定一条狗的存亡，这是谁赋予人的权利？

人会自杀，人也会背叛；太过忠心，反而被他人嘲笑为狗，真是讽刺。

3.

什么都不说白了，委婉含蓄，有心人自然懂得，那是一种境界美，留个余地尚可回旋。

宫二说："人世间所有的相遇，都是久别重逢。"潜台词很简单：难得，珍惜。再看英文字幕：All the people we meet in the world，we will eventually meet again，even after a long time. 意思是在了，角度却换了；原文要说的，是所有的重逢皆源自一段久别；没说的却是并非所有的久别，都一定能够等到相遇；换言之，别过百年千年，若能相遇重逢，那是殊胜缘分，难能而可贵。只是人世间多少的相遇，都只是彼此擦肩，瞬间互换回眸，早已忘却无数。纵使没忘，也不一定都能如愿珍惜。宫二懂得，深知做不得，就只能压抑。其实你我都一样，都懂得，都深知做不得。译文太乐观，反倒没了遗憾，就没韵味了。

Every worldly encounter is a reunion after a long separation. 我们都懂得太多了，以为自己是神，心智一开就回不了头；一轮四季，春天过了，就只能来到茫茫寒冬。

我们都只是风筝

有些事做了后悔，不做也后悔。我们有太多的无从选择，这就是遗憾了。

你偶尔还是有点想他的，还有他，还有他们。

现在的科技这么发达，发通简讯，寄封电邮，甚或在彼此脸书上留个言，千山万水也无从阻隔，只是最难跨越的鸿沟，是人心。当你殷勤的留言，换来的只是冷漠以对，你就会相信原来承诺是会变质的。

那天在脸书看到脸友分享某个帖子，细数人生25件事，在临终前必会令你后悔。那是日本临终关怀护士大津秀一，根据所接触的1000起个案，总结而成的著作《临终前会后悔的25件事》。我看了一遍，起初内心微微触动，略为思索，又觉得不怎么认同，所以不转帖。

她总结的25件事有些什么呢？没做自己想做的事；没实现梦想；没享受美食；没回故乡；没去想去的地方旅游；没和想见的人见面；没谈一场刻骨铭心的恋爱；没结婚；没生育孩子；没留下曾经存活的证据；没注意健康；没信仰；等等。

我没有怀疑大津秀一女士的善意，我怀疑的是后悔这件事。更主要是，我开始不相信后悔，但我相信遗憾。两者是有差别的。后悔与否，纯属个人决定；面对遗憾，你我都无能为力了。人生有许多事情，不是我们不想做，而是因为方方面面的缘由，使我们做不来、做不得、做不成。太多的事，都不是我们自身可以决定的；人生说穿了，不就是四个字：身不由己？

想说的却无从说起，想要的却无法获得；当做或不做的决定都由不得你时，你也就没有后悔的权利了。这不是遗憾是什么？

大津秀一女士提出那25件事，最大的败笔，就在于假定你我都拥有执行并完成一切的权利。你可以去想去的地方但你没去，所以你后悔；你可以结婚生育子女但你没有，所以你后悔；你可以和相见的人见面但你没见，所以你后悔。只是人生果真都是如此吗？那是一种强加的价值观，是一种伪装的暴力。若人生真的只是一张成绩单，罗列开来25项，我们逐一去达成，就必能在临终前了无悔恨，那就好了。只可惜那只是自欺欺人的谎言，人生的复杂就在于，往往总是，不做会后悔，做了也会后悔。

什么是遗憾？遗憾是对我们无能为力的坦然接受。遗憾也只是说明，我们的确不是万能的，我们的生命绝大部分还是由某股外力操控着。就如盗火者普罗米修斯，遭宙斯惩罚，被捆锁在高加索山岩上，忍受秃鹰啄食肝脏之苦，今日长回，明日又遭啄食，日复一日，无休无止。命运就是我们无情的宙斯。我们仿佛是提线傀儡，满身都是无形的线牵引着，与何人相遇，与何人分离，倒下了能否再爬起，腾飞时会不会又偶然坠地，都是线的拉扯。原来我们都只是风筝，是风的浮力，是线的长度，决定我们能否在高空中忘我遨游，谁是真正自由的，谁又能完全自主？

是谁把你和他的通话线扯断了，让你纵使再想见上一面，喝杯咖啡闲聊近况，也希望渺茫。这何来的后悔呢？这只能是遗憾。

掬一瓢银河的清泉

人类社会永远无法摆脱的一个难题，就是主流与边缘群体的矛盾，也就是权力的争夺。我不属于主流，我也不是边缘人，我只是我自己。

这是个点名及被点名无比微妙的游戏，也是个关注及被关注无以遁形的挑战。

当你被点名了，你就落入永无休止的循环，如同贞子的诅咒，24小时内不参与游戏就得受罚（所谓捐钱）；若你接受挑战，你自然而然就渴望目光，渴望大众为你勇气可嘉，创意无边，善心无限而喝彩鼓掌，甚至还得拉另外一票人下水，至于你点中哪一个秋香，个中玄机大有学问。

这回我们真的见证了社交媒体的威力，但也看清了社交媒体的不足。社交，本就带有私心目的；媒体，本就讲究形象包装。老百姓在玩热闹，嘻嘻哈哈胡闹一番图个无聊尽兴；大人物在玩名堂，精心布局自我包装，漂漂亮亮登场大义凛然亮相，颇有几番“人在江湖，身不由己”之慨，实则善用行销良机，完美出击。

老实说，对ALS冰桶挑战原本并不关注。在脸书上不断看到转载各地所谓名人冰水淋头的影像，几乎没有详加交代为渐冻人协会募款的动机，颇感莫名其妙。之所以不喜欢这项挑战，倒不是因为不环保浪费水源，而是首先因为不喜欢被迫行善；再来就是活动焦点模糊，以讹传讹，意义毫不明确；跟着就是参与者多多少少动机的不纯粹。

提高世人对渐冻人的关注，出发点是好的，但做法是否恰当，有待商榷。ALS（Amyotrophic Lateral Sclerosis）肌萎缩性侧索硬化症，或渐冻人症，据说为全球五大绝症，若非这回病毒式挑战的推波助澜，我相信全球也没多少人听闻此症，在乎此症，了解此症。这病毒式来势汹汹的挑战，闹到最后，世人唯一印象深刻的，是大伙玩得不亦乐乎。不亦乐乎原来才是挑战的焦点。

美国渐冻人Anthony Carbajal也加入冰桶挑战活动，在镜头前以身说法，因情绪激动，倍感无助，而一度失控。他目睹奶奶及母亲受病症折磨，肌肉日渐萎缩，直到最后连呼吸都无法控制。遗憾的是，经诊断他也被证实为患者。他是愤怒的，因为患ALS的人数在美国（甚至全球）极为少数，制药厂不可能投注大笔经费去研发药物，这不符合经济效益。“难道我就不值得一救？”Anthony一度在短片中控诉。

难道我就不值得一救？

说真的，这世间每个人都觉得自己不被公平对待，因为这世间根本就没有所谓公平。当你属于少数，当你属于弱势，当你属于非主流，你才会切身感受到，什么是忽视、否定、迫害、排挤。最可笑的是，永远是所谓主流的社群，在强加最大的伤害。

无奈的是，ALS冰桶挑战，已经被主流群体娱乐化得变质了，当大家都在不亦乐乎玩着冰桶挑战，都在想尽花样紧捉目光，有几多人是真正了解渐冻人内心的无助与恐慌？有几多人在玩笑胡闹之后明白挑战是为何用意？大家玩得越开心，看在渐冻人眼里，又能开心几许？

掬一瓢银河的清泉，去灌溉浮云的花田，云田长满了蒲公英，开成了梦的光圈。晚风来时，就抖落无数盏梦的种子，化为流浪的星火，为黯淡的角落点亮希望。祝福所有渐冻症病患，祝福所有备受委屈的边缘人。

让我们学会去兜风

价值就是一种约定俗成的公认标准。但人生的价值，却还是得由你自己说了算。

写这则专栏时，才从脸书上转载了一则信息，得知原来上周六3月21日，是UNESCO（联合国教科文组织）的世界诗歌日World Poetry Day。现时今日，诗似乎早已不是一种本能，诗似乎也离日常生活渐行渐远，谁还会记得诗呢？事缘维也纳咖啡烘焙商Julius Meinl，为配合世界诗歌日，决定在23个国家和地区，主要集中在欧洲的约1000家咖啡馆，让人以原创诗歌付款，购买咖啡。此举耳目一新，让时人霎时明了，原来世间的价值除了金钱外还有诗。

一首诗的价值该如何衡量？分享这则信息时打趣说，若也能让人以画购买咖啡，那也不赖。朋友回说你的画哪里只值一杯咖啡？我很容易满足的，画幅小图，换杯好咖啡，心情美好日子美好，就心满意足了。况且，以画交换咖啡，总比以画卖钱来得脱俗吧？问题是，能有此等人文涵养的咖啡馆，世上能有几家？本地又会有吗？

心满意足实在太难了，因为我们从来没有真正学习如何去满足。近来教育制度有个新方针，校方要各个院系开始着手在课程内，纳入升学就业辅导课。为此，讲师们都开始上课，学习如何在撰写履历、应征信，准备面试，建立人脉，规划职业等方面协助学生。这动机是不错的，青少年刚毕业对前景难免感到茫然，有一定的指引，多少较为踏实。后来在一个内部会议上，某同事问说，与其教学生如何找工作，我们是不是更应该教他们如何生活？

不久前与高中同学小聚，已为人母的老友说，督促并确保子女考到好成绩是父母的责任，所以只要能力所及，都应该让子女上补习班及进修班。这无可厚非，只是好成绩该如何判断，就见仁见智了。我反说教子女如何从容生活才是父母的责任。考到满分只是眼前的小成就，懂得生活才是一辈子的大学问。

我高中时其实曾希望有人能指引我方向，不是教我务实地找什么工作入哪所大学，而是告诉我何谓人生？如何生活？当然我没有等到这样的人出现。反而是在大学的诗词讲堂课上，从古代骚人墨客的文字、生命及人生观里，才逐渐了解到人的渺小与宇宙的浩瀚。人生是不能够全盘规划的，人生只能去面对、思索、了解并接受。

接受好的也接受不好的，接受你的成功也接受你的失败。毕竟有谁能一辈子都考满分呢？此外，人生也不是你的职业，不是你的收入，不是你住的房子开的车子，不是你子女能考多少分，更不是你能掌控多少人。人生是你从第一声啼哭到最后一次合眼之间的历程。有多少人的历程是可有可无的？有多少人的历程是滥竽充数的？有多少人的历程到最后连一知半解都没有的？

以诗交换咖啡，意义就在于重新把诗歌带回生活，也重新把艺术尊重为一种价值。人生的价值根本不是考卷上的分数，也不是职衔上的光环。生活真的不需要样样满分，而是要懂得事事满足。不要一味苦苦专注没有的，而要记得时时在乎拥有的。我们拥有什么？拥有风和日丽，拥有鸟语花香，拥有愉悦心情，拥有独自上路也拥有并肩同行。别让自己的历程太沉重，让我们学会去兜风吧！

悠闲的忙碌

真的，当别人都不认同你时，你至少要有足够勇气认同自己。

昨天星期六，和项目团队一边聚餐一边开会，大半个周末就这样度过了。回到家，一边上网一边给小图上色直到就寝。今早天色阴霾，趁雨势减弱，就跑到住家附近宁静的角落，一边吃着面煎粿，啜着咖啡乌，一边打着这篇文字。周末的幸福，不单是可以睡得自然醒来，其实更在于可以悠闲地忙碌着。

悠闲与忙碌看似对立，却又不尽然。昨天就在脸书上看到朋友转发的英语中矛盾的词汇配搭，例如seriously funny（认真搞笑）、act naturally（装作自然）、found missing（发现不见）、original copies（原装副本），最后还不忘幽婚姻一默，加上happily married。人类的世界本来就不是绝对的二分对立，太多的灰色地带成就了俗世的复杂与精彩。当表面对立的两种状态重叠时，各种的可能性与不确定性才会迸发。

老实说，有挺多人是借由忙碌来确立自己的价值。而且忙也与稳定息息相关，特别是在人际关系中，你之所以有机会忙，正是因为你的身份位置获得确定，然后你就被赋予名正言顺可忙碌的方向。于是忙，就成了你在特定人群中一种存在的肯定。这本无可厚非，我们的基因构成就是在混沌中寻求常规，在常规中寻求稳定。但我们不可忘了这并非自我价值的全部。比如说，若有一天突然间不忙了，那你的存在还重要吗？这就是为什么人会忽然空虚，因为我们太习惯从他人身上寻找自己存在的价值。

好多年前，老同事曾向我提起她舅舅的事。这舅舅大半生都忙着工作，习惯每天上班下班的规律生活。但有一天，社会的集体制度决定他年纪到了，理应退休了，可以不忙了，他反而发现自我不见了。一个从战场上卸甲的将军还能同命运厮杀决斗吗？同事的舅舅选择继续每天若无其事换上工作服，如常提着公事包，和上班的人潮挤公车。然后兜了一个大圈到空荡荡的公园呆坐着，上演一个人的默剧，直到近黄昏下班时才落幕。

当人生的舞台不再需要你时，你还能做何演出？别忘了，舞台不应是他人给予的，是自己设定的；我们从来就不是角色，我们是导演。所以我们就得学会忙的艺术；要厘清所谓忙，可以是为了他人，可以是为了自己，也可以是介于两者之间。我们必须把自己存在的价值，同时建立在这几个层面。当别人不认同你时，你至少还能够认同自己。

曾经有人问我，如果有一天没人喜欢你的插画，也没人阅读你的文字了，你会怎么办。我是这样说的，我之所以画是因为我喜欢画，而不是因为有人喜欢我的画。每完成一幅作品，我都会感到很开心，然后惊呼：真是好看！我不是哗众取宠的精美商品任他人待价而沽，我是寻常巷弄里茅庐旁一小口古井的甘泉，有心人自有慧眼，会寻得来掬一瓢饮，或烹一盏茶。写稿也好，作画也好，都是我悠闲的忙碌，能够这样也就够了。

我们很小但用力活着

生命都是一样的，没有贵贱大小之分；每个活着的人，都在拼尽全力用心活着，大家都活得不容易，所以都得被尊重。

我特别喜欢感受日常的民间气息。星期天的早晨，准备外出打稿，惯性地先去打包咖啡乌。本有点饿，其实应是嘴馋，想买几片面煎粿，忽而发现有摊手工点心铺新开张，改而买了蛋挞。小贩中心人声鼎沸，大人牵着小孩认真讨论该吃些什么，茶水摊助手有点忙不过来。拐了个弯，来到商铺后的开阔停车场，有几株不知名的树默默开着白色的花，像山茶。另一端是山坡上的邻里公园，山脚下插满着一支支长杆，如雨后春笋高高张挂着此起彼落的鸟儿歌唱。斜斜打停车场走过，人声鸟语渐远，一隅背对着我坐着两名马来汉子，两人隔着有一点距离谈着天，他们身前的两只大鹦鹉，一红一绿，在晨光下修理着羽毛，反而是静静的。

我朝打稿的角落走去，悠闲的周末早晨，大家都很努力地生活着，感觉这样真好。

***

理工学院的新学年开始了，热热闹闹的迎新周过后，又继续周而复始繁忙的讲课生活。给中文系的新生上第一堂课，我突发奇想，他们十六七岁时就作出决定，选择一头栽入人文科系，这样的年轻学子，总该怀揣某种与众不同的特质吧？又或者说，我希望所有选修中文的年轻朋友，都是与众不同的，不在于他们是小众，更在于他们内在的宽阔宇宙。

能感知宇宙，就能感知时间；能感知时间，才能感知生命。我给他们弄了个小箱子，每人发了个信封，外加一张纸，让他们将纸折成小册子。在小册子上他们得给自己写一封信，然后密封起来，放入箱子里。这箱子就是我们的时间囊，将封存三年，待他们毕业前夕才开封归还。

三年就是一个人生阶段，一个开始一个结束。若问什么是时间？时间就是从生走向死，必须去身体力行的。

其实仔细想想，我们一直都是卡在之间的一种存在，如幽州台上，卡在前不见古人后不见来者的诗人；在一个时间点上，永远只有我们自己，错过了古人，等不到来者。我们也是一直都处在之间的一种状态；我们的生命就是一种in-between，是生与死之间的进行曲。生与死的距离你我都一样，不一样的，是有些人疾步匆匆；有些人信步从容。这段之间的旅程快慢就是时间，旅程一旦结束，时间就不重要，也不存在了。无论走得快，无论走得慢，每一步都应该是风景，都应该是用力走出来的。我们都别无选择，就只能好好地努力地把这段之间的路程给走完。

***

那天出席华中南中联办的文学课题研究发布活动，有一组南中的小女生发表对郭敬明《小时代》的研究报告。郭敬明的小说没看过，小说翻拍的同名电影也没兴趣。但我对“小时代”一词感到颇有意思。有多少人是生逢大时代能升格为大人物？更多的，是无论时代格局大小，都只能听天由命的小人物吧？日子就算是鸡毛蒜皮，就算是无关痛痒，对每一个正在活着的小人物而言，其实都不容易啊。从宇宙回看，谁不是渺小如恒河沙石？我们都只是小时代里的小人物，我们很小，但谁不是很用力地活着？

三年是一个发酵期，生命都需要经得起酝酿与发酵，才能换来有哭有笑有懊悔有满足。

也许明天，也许来世

如果所有的故人都能够久别重逢，那该多好？又或者，我们这一生所遇见的每一人，都是前一世的故知，只是以往的故事已结束，今世的情结正开始。

印象中，小熊维尼曾经说过：How lucky I am to have something that makes saying goodbye so hard. 我是如斯幸运，能有这样一件东西，直叫人依依难舍。

我们依依不舍的事太多了吧？小学作文感情无论是真是假，谈到郊游必定在结尾加上依依不舍来点缀心情。但小孩子的依依不舍总是轻描淡写的；往往总是，依依不舍只在道别当刻，才一回头，又嘻嘻哈哈追逐夕阳灿烂的金黄色余晖去了。但这并不意味，心中的难舍是假的；这只能说，小时候我们的心扉是朵盛放的花儿，对什么都是情真意切，心意一真就会难舍，但又容易接纳一切 ，总能寻得新的寄托新的希望新的欢乐。

这是一种小孩特有非常柔软的心灵。随着年岁增长，人会逐渐变得死心眼儿，也更执着。也难怪，年少时，谁不是觉得明天多到无穷尽？直到你我逐渐意识到明天其实所剩无几，才会把心收紧。这倒不一定是件坏事，因为心更专了，人才不会贪。

那天出外用午餐，偶然途经多时不曾光顾的咖啡店。该有两年多了吧？自上回咖啡店忽而关闭，不久经过一轮翻修重新开业，发现档口都换了，不见熟悉的摊主，不见熟悉的口味，心中竟悠悠怅然，也就不再光顾了。我想每个人内心都有那么一个柔软的角落，是留给生命中格外舍不得的某些东西。我舍不得的就是咖啡店那很普通的卤面，普通得你就算吃或不吃都无所谓。只是偶尔在平凡的炎热午后，想独自悠闲吃点简单的午餐，就会习惯性地从学校兜过来，和摊主互换微笑，在人不多的角落坐下，望着外头慢条斯理拉锯的光与影，慢条斯理地吃着口味混浊的古早面食。

原本已将那摊卤面给淡忘，以为今生无缘再见，不想那天经过时，视线惯性地投向那曾经的档口，竟意外看到熟悉的笑容。当刻内心又惊又喜，颇有他乡遇故知的感动。不期而遇，久别重逢，也就是如此吧？

我们依依不舍的倒不一定是具体的人或事物，而是曾经共同谱写的一种生活，一段故事。当生命都填满了记忆，当故事都成为了历史，你就会更在意一路上什么曾经陪你走过，什么曾经看你哭过笑过。

我们几乎每日都会随口而出的一声“再见”，纵使多么漫不经心，其实都蕴含着多么美好的寄托，多么美好的期待，能再见的，肯定能再见的。只是缘分谁说得准？下一回再见又是多久以后，谁敢肯定？也许明天，也许来世。我们唯一能做的，就是永不放弃这股信念，或许是你相信的云端的天国，或是我相信的轮回的来世，相信就算是永别也不是终结，而只是另一段故事的缘起。这么一来，后会才能有期，再见才能可望。

正如小熊维尼说的，能碰到让自己依依难舍的人事物，那叫作幸福。十里长亭，碧草连天，残笛迂回，知交零落。天国与来世是否存在，我们不可能知道，我们只可以相信。该放了的都放了，有别才能有聚。感谢所有曾让我这么幸福，这么依依难舍的一切。

这门课
太难毕业

我们以为活着就是这么一回事——长大、求学、觅职、成家、开创事业、建立功名。但人生的复杂又怎能以一道简单的方程式来概括？

人需要的其实不多，人想要的却是太多。这不多与太多之间的纠葛，往往就形成烦恼的旋涡，每日在旋涡中打转，转着转着，一生就不知不觉迷失了。

星期六的清晨，他还是很卖力的，约了我吃早餐，同时汇报财务。我们见面次数挺少的，通常一年一两回。29岁那年，经朋友介绍，请他代为管理财务。转眼十来年，他从单枪匹马到如今自组公司带领团队，对我的财务规划，始终不假手下属。我只会做梦及创作，其他一事无成，对钱财管理更无头绪，只是这年头要养活自己，已不容易，更何况年老退休后。他这般认真与尽责，我确实感激。

当天和他碰面后，收到老朋友颇为有趣的简讯，她说：过年前，家中有很多小蚂蚁出没，犹豫许久要不要放蚁药灭它满门。忽而昨天蚂蚁都不见了，应是邻居受不了下了蚁药。她从中明白了，如果人犯了众怒，就算自己不出手，也会有他人为你解决的，就看你能不能忍受到那个时候罢了。

我想朋友不忍下蚁药，那是一种慈悲；能忍受静观其变，那是一种超然；再来世间是非对错，自有大道定律，何须自寻烦恼。我的个性向来冲动，离处变不惊距离尚远，一旦碰到不合理的状况，总想加以制止纠正。往往正因此，有时会过度钻牛角尖也惹了周身蚂蚁。老母亲总责备我脾气暴躁，要我凡事忍气吞声。我只好不断提醒自己，谁的对才是对的，谁的错又是错的，谁又能厘得清？

前周末在报上看了一则关于香港武侠小说现况的专题。文中介绍了当年凭租借武侠小说发迹的凌记书店。店主回忆往事，盛况时期，全城老少积极租书借阅，甚至有年轻学子由于缺钱，犯了一时贪念，成了偷书贼。店主得知，看在眼里却不放在心上。年少时谁不曾犯错？若是通报捉拿，少年一生就会毁了。多年后，学子踏入社会有了经济能力，对自己偷书一事始终过意不去，拿了上千港元，将拖欠的租书费用一次付清。

我和财务顾问每回见面，除了汇报财务近况，也会聊些生活琐事及人生感悟。他近年来潜心参禅，随年轻禅师学习打坐，增长智慧。

或许正因善于理财，所以他更能看透人心的贪。那日他就同我分享禅师的教导：人总是想要太多，忘了珍惜当下拥有。禅师还教他说话三原则：不说假话，要说实话；假话再中听，不说；实话若伤人，不说。

我喜欢静，有时候也感到很莫名，就是喜欢静。那天受老同学之托，到国大充当新闻写作课学生模拟访问的对象，就有年轻学子问我这样的问题。有些话不是不想说，只是不知如何开口，只怕一旦开了口，就覆水难收。很多时候，我们都只能选择安静，无声之中，其实潜藏着多少人内心压抑的思绪。假话万不可说，实话也别轻易说。实话说了，若是伤人太深，毁人一生，那又会对了多少呢？

人生这门课太难毕业了。何谓对何谓错，何谓需要何谓想要，何谓实话何谓假话？看来真得多让自己静一静，好好想想。

何尝不也是一种修补

细想来，我们其实都是匠人。我们花一辈子的时间精心打磨一件艺术品：人生。

星期天清晨，多云小雨。一早送外甥女外出，途经碧雅士蓄水池外的汤申路上段，两旁雨树蔚然，枝干伸展交错，形成长长深邃的林荫拱廊。我对外甥女说，感觉像驶入森林，满目森森的绿，满目湿湿的绿。

这样潮湿的清晨，我忽而想起了那池塘洪亮的蛙鸣声。就在克兰芝一代的龙窑，我们陪着学院新生到陶艺工房参观，工房占地颇大，几栋老式的锌板木屋结构，周遭都是林子，时光仿佛还停留在20世纪70年代的岛国。那天酷热无雨，蚊虫颇多，或许是由于院子中有池塘，然池塘中应该也有蛙，看不到却听到了。

古池塘，蛙一跃而入，扑通水声。清晨鸡啼，雨后蛙鸣，这些天籁都是奢侈的了。

前阵子在网上偶然看到一系列颇为有趣的日本节目，每集介绍一类手作工艺。看的第一集介绍的是旧书籍修复工匠，委托人带来一本残旧的日英辞典，希望工匠赋予辞典新生。节目细心地介绍工匠所用工具，且巨细靡遗记录修复的每一道工序。藏书中有一本伊势英子的水彩绘本《书的手艺人》（也译成《卢利尤伯伯》），以法国书籍修复工匠卢利尤（RELIEUR）为主角，以图文记录修补旧书的60多道繁复工序。RELIEUR法语中有“再一次装订”的意思。我在2011年10月5日的专栏《困了也就能睡了》，也曾提过此绘本。

除了旧书，节目还介绍了陶瓷品、软毛玩具、萨斯风、老照片、钟表、藤家具、靴子、老首饰等的修复匠人。有人称日本为匠人之国，匠是一种态度，也是一种信念，是用时间换来的手艺，坚持、投入、钻研、入魔，精益求精；再把手艺提升到艺术的境界，把艺术提升到道的境界，一丝不苟，孤傲不群。

我格外喜欢修补软毛玩具的老奶奶。她不仅仅在修补破旧玩具，她是在帮委托人修补珍贵的童年记忆。岁月无情，她是人生情感的补手。老奶奶与爱犬同居在山间的小木屋里，屋外园林草木蓊郁，她生活简单，不急不缓，一针一线细心缝补残破的岁月，让念旧的人有了念旧的欣喜。

住家附近是碧山公园，一条人工的仿自然溪流渠道，夹着两岸鳞次栉比的高楼密林蜿蜒而过。每回漫步公园，总觉得这条溪流何尝不也是一种修补？现代都市人生活再现代都市，终究抛不开田园的野趣。人在桥上俯瞰流水游鱼，心则在寻找世外桃源；奇怪的是，人心又总是心甘情愿桎梏在倥偬的生活步调里。

我们多久没见过真正的野蛙了？不想碧山河道近来却悄悄引来野生水獭一家子落户。初生的水獭宝宝天真地追逐嬉戏，水獭父母则机警地关注四周动向，成了媒体焦点。这是水獭一家的全部天地，虽然不大，虽然不多，但这样就足够了。

手作就是让你我用手一步一步去揉捏时间，如要着太极，时间急不来，人又何须急？当我们都活得有点喘不过气来的时候，看着碧山公园水道的野生小水獭，听着陶艺工房水池声如洪钟的野蛙，怎么样的生活才是理想的生活？我们这么急，我们这么拼，我们这么忙，我们做了这么多，我们到底又做了什么？稍一回首，早已白了头。

猫咪与猫头鹰的恋爱

小时候人心是无所不包的，长大了反而为许多价值判断所限。如果你的价值判断为他人带来伤害，那你所坚持的是非对错，又对了多少？

猫咪与猫头鹰可以结婚吗？在儿童绘本的世界里，有何不可呢？

那天午餐时段，独自跑到学校附近用餐。我吃饭向来速度快，当兵时养成的老习惯，看离1小时停车时限还早，就顺道往超市买些东西。不想在里头看到童书摆卖，随手一翻竟一发不可收，选了一本接一本，不假思索就花了近90元买了约10本精彩好书。

其中一本就是改编自英国人Edward Lear的童诗*The Owl and the Pussycat*。图出自Kevin Waldron，浓烈的色彩，稚气的构图，令人爱不释手。更精彩还是故事，猫咪爱上猫头鹰，一同出海遨游，在星空下唱着情歌，航向热带小岛共结连理。火鸡为他们见证，岛上动物为他们庆贺。他们还生了一大堆的小孩，当然都是小猫咪和小猫头鹰啦！海岛太小了，他们缝了好大好大的热气球，举家飘过蔚蓝的汪洋，飞向蔚蓝的天空。

我这个人向来敏感，这么一个单纯美好的老童诗，我立即读出了诗里意识的前卫与大胆。说是老童诗，因为Edward Lear早在1888年就因心脏不好，孤独辞世了。19世纪的老童诗，以丰富奇幻的想象力，为多少代的小孩，拓展了广阔的胸襟，这样开阔的胸怀可以包容人世间所有的可能，包括猫咪与猫头鹰的相爱与结合。

我忽而又想起另一本童书，藏在书架上多年。当时不觉得特别如何，而今方惊觉其意识更为大胆，也更为宽容。那是荷兰作者Annemarie van Haeringen的作品《当熊爱上蝴蝶》。一边是乌黑笨拙的大熊，另一边是水蓝轻盈的蝴蝶，本是风马牛不相及，然作者偏偏让熊爱上蝶，而且爱得轰轰烈烈。我一直不明白作者如此安排有何目的，因为黑熊与蓝蝶的反差实在太大了。但如此巨大的反差，不也正好说明了，谁爱上谁，在这世上有什么不可能的有什么不可以的呢？

每个人内心都有自己的一把尺，每个社会必有其主导的意识形态，本无可厚非。只是人世间很多事物，包括谁爱上谁，老实说并非都能以简单的价值判断来厘清。猫头鹰不是猫，猫咪不是鸟，怎能相爱结合？但我们能不能时刻回归孩提时无所不包的宽厚襟怀，回归我们原本慈悲柔软的善良心灵，去相信猫咪能够爱上猫头鹰，去允许黑熊可以爱上蓝蝶。

伦敦老妇人流连地铁站只为重温仙逝夫君“Mind the Gap”的播音，我很感动；白先勇为思念亡友王国祥君而撰文的《树犹如此》，我也很感动。我果然是对的。上网略加查询，Edward Lear是19世纪英国的作家、诗人兼插画家，终身未娶，却曾深爱着友人Franklin Lushington 40来年。然而与对方无缘，只能郁郁而终。或许是我多心了，在老童诗里，猫头鹰与猫咪的幸福，其实寄托了诗人多少压抑内心的美好向往。

再过几天就是元宵节，恰逢西方情人节，无论你喜欢的是何许人，是猫咪、是猫头鹰、是大熊，抑或蝴蝶，都无所谓了。只要你内心有包容的大爱，我都祝你元宵节幸福，情人节快乐。

天地给你机会

还是那句老话：机会到来时，你准备好了吗？

今天写这篇专栏时，整个脑袋沉甸甸的，找不到感觉就干脆先去洗刷浴室的地板，使劲刷得大汗淋漓，很是痛快。

我总是格外羡慕那些下笔如有神的文字工作者。脑袋如万能资料库，爬格子时引经据典，信手拈来，不费吹灰之力就能洋洋洒洒填满上千，甚至数千字。

我每两周才写一则专栏都常常感觉痛苦，有时脑袋枯竭，望着电脑屏只能发呆。写文章最怕言之无物，情感不真，无法动人。加上我这个人比较麻烦，动笔前虽不至于得沐浴焚香，烹茶冥思，但对环境还是有所要求的，太吵不行，室内无窗不行，户外无树也不行；而且我还迷信咖啡，若是少了一杯热咖啡在手边，就会不安，无法行云流水。

虽然我向来喜欢写作，但坦白说，并非每一回动笔都是享受的。当乐趣减弱时，就得靠坚持来写下去了。其实想想，一生中你愿意坚持的人事物应该不会太多，也不必太多。找到对的且愿意坚持的，那就不要轻言放弃；只是吊诡的是，人生中理智上明知是错的，情感上却偏又固执不放的，又是何其多？那是题外话了，不说也罢。

回到今天想谈的：既然写得如斯痛苦，大可不写啊？我总是这样提醒自己的，人家既然愿意给你机会，你为何反而不给自己机会呢？碰巧那天在书局翻了一本有关“即答力”的小书，副题为“持续遇见崭新风景的人生经验术”，作者是松浦弥太郎。开头第一句，就写到“成功的反义词不是失败，而是什么都不做”。所谓“即答力”，姑且可说是“立即回答的能力”，大概相当于a spontaneous response。作者的概念很简单，在人与人的沟通上，你是否总是自我封闭，迟疑不决，还是懂得敞开心扉，积极回应。说得更简单一些，想要成功，你就必须有作为；而第一个动作，就是对人事物当刻立即回应。然而，回应并非凡事都说yes，而是一种起码的礼貌，有回应就是一种尊重，有往来才能展开沟通。

那天在网络上看了一部NHK拍摄的纪录片，介绍英国女作家Venetia在京都郊外的生活。Venetia以散文记录她四季山居的幽微感受。她说：“This life is not a dress rehearsal, it’s our chance to live in beauty (of nature).”

人生是没得彩排的，生命中一切的美好，一旦错过就没得重来了。

而今已来到岁杪，近日霖雨绵绵多少为岛国平添几许寒意。岛国无雪，然偶尔风过处，雨树的点点枯叶纷纷飘坠，颇有几分飞雪的意境。我亲历的第一次飘雪是在日本静冈，那夜坐在纸窗旁，忽天地悄然无声，回头见纸窗隐约有粉粉黑影飘动，竟没意识到下雪了，回过神来才惊喜得忘了披上外套，就跑到户外迎接雪花；第二次飘雪是多年后在英国，在自己阁楼的小房子内；雪映照得夜色很明亮，为自己冲泡了一杯热可可，然后靠着窗静静地看了一夜时大时小的降雪。

天地有大美，我想这就是Venetia在京都山居打开全部感官，所领受到的生命美好吧？我又想，这何尝不也是弥太郎所指的“即答力”？开放的，正面的，包容的，愿意探索，愿意尝试，愿意给自己机会的一种心态？天地无时无刻不提供我们领受生命美的机会，你是选择无动于衷，抑或立即用心真诚去感受？

他人给你机会，要立即回应以表尊重；天地给你机会，要真心领受以表感恩。

看到残酷，也看到美好

这是个美丑并存的世界。你选择了仇恨、排挤、厌恶，你就是选择了丑；你选择了包容、体谅、宽恕，你就是选择了美。

你希望自己是这世界的残酷，还是这世界的美好？

上周末前后一连4天，在不同场合办了5场活动，给小朋友说故事，也给大朋友谈绘本。从四五岁的胖娃娃，到80来岁的白首长辈，绘本插画广结善缘。

我想是渐渐地，随着各界的努力与坚持，岛国的朋友都开始看到了绘本的美好。当我们的世界变得越来越毫无意义且毫无必要的复杂，绘本简简单单的天地，纯净、纯粹、本真，或许就是我们久旱逢甘露的慰藉吧？正如上星期天作家节座谈会的题目“不光是童书：绘本的意义”，就算绘本真的只是童书，你我不都曾是天真烂漫的孩子？你我不都曾拥有孩童清澈明亮的眸子？寻回曾经简单且不复杂的那个我，找回最初的美好与勇气，谁都可以的，就在绘本里。

刚巧那晚在座谈会上，有与会者问我对去年国家图书馆销毁企鹅童书的看法。我当时没说，但我心里面只闪过四个字：焚书坑儒。有些人并不知道自己是多么蒙昧无知。他们以为自己的用意是好的，却恰恰是以所谓正义、善意的糖衣来美化最残酷最野蛮的不讲理，对他人施加伤害，如同绘本《大丑怪与小石兔》里，所有动物对大丑怪的避而远之。

绘本都是作者用一颗慈悲的心为小读者细心创作，得写还得画。世界各地有那么多成年人，愿意花自己数个月甚至数年的时间去经营一本童书，是为了什么？莫非是想戕害、荼毒小朋友的心灵？小朋友看到的是企鹅的可爱与会心一笑，只有心胸狭隘的成年人才把企鹅当妖孽。是成年人自己心中有鬼，才把问题想复杂了。

我们都应该去除一切烦琐的教条与钻牛角尖的偏执，回归真善美的本质，回归孩提时最本然最单纯的清醒。

上周五晚在草根书室，我和一群大朋友相聚，聊了好些打动我的绘本故事。法国的童书《走进生命花园》让我们看到了人世的残酷，澳洲的《猪奶奶说再见》则让我们看到了世间的美好；因为这本来就不是一个完美的世界，人本来就不是一个完美的生命体。如果完美，世界就是天堂了；如果完美，人不都是圣人了吗？那为什么我们还要来到这看似不堪的世界？我不知道投胎是不是一种选择，也可能我们根本没得选择。但既然来了，至少就应该尽自己的可能把这并不完美的世界，变成相对美好的地方吧？又或者，至少要相信这并不完美的世界，还存在着许许多多值得我们去寻找的美好吧？

正如猪奶奶带猪小姐去看树叶闪闪的亮光，去听蓝天白云的悄悄话，去看湖水的倒影，去听小雨的淅沥，还有泥土的芬芳，鹦鹉的吵架。心不安时，就要学会如何在天地的美好中寻得平静；心疲惫了，就要懂得如何从自然的无为中汲取力量。

猪奶奶真的走了，她遗留给猪小姐的又是什么呢？

这世界真的是不尽理想的，但这世界也存在许多美好的力量，教会小朋友去寻找、去挖掘、去欣赏、去感动世界美好的一面，不是更大的财富吗？我们没得选择另一个更理想的天地，但我们可以选择放下无知、仇恨、排挤、否定，选择更宽阔的胸襟，选择包容与认同。

所以你希望自己是这世界的残酷，还是这世界的美好？这个，你自己想想吧。

生活不可爱的残酷

我们永远不要失去决定如何生活的权利。就算是在最不顺遂的日子里，也要起码活出自己的态度。

何尝不是如此，我们都是生活在夹缝中，却能寻得内心的无限自由？

自从回归纸上作画，上画具店的次数逐渐频繁，虽没经过任何正统绘画训练，看到摆卖的绘画材料，总想买一些回来自行摸索。各种颜料的特质，只要敢于尝试，多用几回，总可以熟能生巧的。

水彩、胶彩、水粉彩，虽还未到驾轻就熟的阶段，但也逐渐成了我的好伙伴。那天又新买了一小罐的水墨汁，在赶工的当儿，腾出些许空当，用细毛笔沾着墨汁勾描了两幅小图，一幅是空灵的骑猫儿图，一幅是写实的老人拨电图。

总有人问我画画的灵感打哪儿来。画骑猫儿图，倒没有任何具体的意涵或概念，只是画完之后，感觉颇有几分《山海经》《搜神记》的奇幻特质。我始终认为，任何天马行空的幻想，不可能完全架空于现实。再虚幻的创作，追根究底必定有能与生活产生共鸣的衔接，这才是作品的生命力，是允许读者观者自行解读的潜能。画骑猫儿，心里其实闪过骑虎难下的意念，但这倒不一定非得是你对图的理解了。

画老人拨电，则是来自生活所见。那一天匆匆经过老人身旁，他伛偻地站在公共电话前，握着话筒却迟迟不按下号码。是老人想找个人聊天，却不知该拨打给谁？是老人想拨给某人，却怎么也记不得号码？是老人殷切想听听熟悉的声音，却又担心听到的是对方的不胜其烦？迟疑、犹豫，多少千言万语，都卡在忘记与被遗忘的无奈里。

可曾发现本专栏的第一个字，我刻意放大了？给学生上广告文案写作课，同他们分享了一种创意写作训练法，姑且称为“自虐写作练习”。方法很简单，拿起一本辞典，闭上眼随意翻开，再用手指一点，点到什么字，就以该字作为文章的开头。“何”就是我上面簿，张开眼一瞬间，看到的第一个中文字。

给自己设限，在框框内创造出奇迹，激发出火花，摸索出生路，唐代的绝句律诗就是诗歌发展的奇迹，佳作千年不朽。这就是创意，因为创意就是随机的；这也就是生活，因为活着的简单法则，就是夹缝求存。有人在闲聊时对我说过，他当前的生活状态犹如骑虎难下。然后一丝淡淡无奈的苦笑，意味着也只能骑下去了。谁不曾在人生的某个阶段，倍感骑虎难下？若凡事都能随心所欲，那就不是生活了。

住家附近正在大兴土木，筑起一排长长的白色围墙，进行地铁建造工程。几乎每天打围墙而过，从没细心留意，直到那一天在烈日下，忽而看到明晃晃的围墙有一道笔直的隙缝，怯生生地探出三根细弱的枝条，撑着几片绿叶，青得仿佛发着光，像在唱着歌，唱着：我们活得好好的。

我们可以努力尝试不去忘记；但我们却阻止不了他人将你我遗忘。这就是生活不可爱的残酷。但至少我们知道，世上没有人能限制你，设限的唯独自己；世上也没有人能让你自由，自由只在内心。

玫瑰与荆棘

种下什么因，必得什么果。

英语俗语reap what you sow，就相当于种瓜得瓜，种豆得豆。这是肯定的，你播下荆棘的种子，就不可能奢望开出娇柔的玫瑰；你撒下荒草的幼苗，就不可能期待长成参天的大树。这是铁一般的因果定律，谁也改变不了。

那天到花圃弄来一盆薄荷，养不到几天，忽而就垂头丧气了。

标签上指示，薄荷忌强烈日光直晒，土壤得保持水分充足。也不晓得哪里出了错，不想好好的一小棵翠绿生命，就无端端断送自己手里。上网搜查薄荷栽种须知，学着修剪枝条，个别以清水供养，据说等长出须根，就可转栽土里。

我喜欢花草，但对于园艺，可谓是门外汉。但我的双手还算是灵巧的，画画或做小手工，基本上都可无师自通。我的插画里不乏花草树木，喜欢将小人物置于香花芳草间，总觉得如此一来，人仿佛也都单纯一些，干净一些，善良一些，美好一些。近来在美工文具店看到雕刻橡皮印戳的材料，迫不及待弄了一些回家。记得小学时，上美工课老师曾让我们在橡皮擦上雕刻简单的图样。而今手法虽然笨拙，还是勉强刻出一些小巧的花草图案，沾了颜料戳印在画纸上，也能完成感觉有别以往的插画来。

我们都有一双手，只是这一双手弄出来的事物，有多少是美好的？有多少是不堪的？

曾在网上看了一部电影《妙笔生花》（The Words），说满怀抱负的年轻作者，渴望创作传世巨著名扬天下。机缘巧合在买来的旧公事包里找到一沓“二战”手稿，娓娓叙述一段动人的故事。年轻作者正处瓶颈，一时糊涂将小说占为己有，一举成名。哪知原稿主人终究找上了门，年轻作者懊悔不已，但已骑虎难下。原稿主人已垂垂老矣，他不求赔偿，更不求将事实公告天下。他只要年轻作者记住：我们今生都在做着选择；困难的是，要如何带着选择活下去。没有任何人能在这方面帮得了你。（We all make our choices in life; the hard part is living with them. There ain’t nobody can help you with that.）这才是最残酷的教训。我们的人生犹如一出剧本，每一段情节每一处转折，其实都取决于你作何决定。决定那一刻不是最难的，最难的是之后如何走下去，因为每一个决定，都将影响一辈子。

前几天在脸书上看到爱护动物组织转载的信息，说有两头野猫夜里遭人乱棍袭击，一惨死一重伤。出事地点竟然就在我住家隔几座的组屋楼下。我感到无比揪心，不明白是怎样的一双手，可以狠下心肠抓起棍棒，戕害无力还击的渺小生灵？

你要用自己的一双手栽种玫瑰，然后等待花开时为天地点缀娇艳与芬芳；抑或种下荆棘，让自己从此一生举步维艰伤痕累累，决定不在于旁人而在于自己。我们不可能奢望自己每一个决定都是正确的，但我们至少可以选择什么该做什么不该做。那名丧心病狂的杀猫凶手，在他决定挥下乱棍那一刻，就已经果敢选择了不再为人，而为人渣。没有人帮得了他了，他只好浪费难得的一次人生，永远这样活下去。

你，由谁定义

我们最起码要做到对自己的一切负责。如果连自己都无法定义，你又凭什么去强加定义他人？

开年来，都在忙着3件事：一、赶制拖欠已久的布布系第5本故事；二、理工学院的开放日活动；三、生病。

这3件事正好代表了我的3个层面。创作绘本的是阿果；忙校务的是李老师；生病的是身不由己的我这个肉身。没有肉身我就寻不得载体，只是肉身从来都是我行我素，不给面子的：要生病就生病，要衰老就衰老，要消亡就消亡。当然，这肉身还需要精神层面，不然就是行尸走肉了。身为老师，那是我为自己在体制中安排的角色，这样的角色是合理且不逾越规矩的，可以安插在社会中，无后顾之忧。当然，在社会里扮演好某种角色，多少也是身不由己的，因为社会本来就是个相互肯定来批判去的复杂体系。至于阿果，那是我对自己的交代。有人喜欢我的作品固然好，在没人留意我的画作前，我坚持画画，从来不是为了他人，也不一定是为了自己。我画画根本不需要理由。

其实你和我一样，都是那么复杂，同时呈现那么多的层面，扮演那么多的角色。有些人看重自己的肉身，有些专注精神；有些努力做好他人要求下的社会角色，有些只想活出精彩的自我人生。

昨夜在脸书上，看到朋友转载的一段视频。主人翁是美国24岁的Lizzie Velasquez，讲台上她自信从容，谈笑自若；努力考取大专学位，到处演讲启发女性，还积极写作出书。这是她争取来的美好人生，因为她的生命先决条件就比常人不足。她天生患了不长肉的怪病，无论如何进食，依然瘦骨嶙峋。从小就遭同学欺负排挤，曾有一度，社交媒体把她定义为“全球最恐怖之人”，甚至有网民残酷留言，要她“行行好，拿枪把自己干掉”。Lizzie不解，不长肉不是她要的，除了瘦得有别常人，她也有童年、青春、理想、抱负。她决定不了自己的肉身，但她决定得了自己的精神。她不让疾病，不让长相，不让他人无情眼光与恶毒言论左右自己的人生。她说，我是谁我自己定义。

社会的概念讲究一个“同”字，正因为每个人都不一样，所以需要强硬手段来同化来驯服。大家都听话了，才能组成和谐的大家庭；过度彰显自我特立独行，就是众矢之的的标靶，注定要逐出师门。只是同化也可能成为社会人的避风港，参与揪出他人的不同，才能证明自己是主流的顺民，才能活得安全。

其实我们都忘了，主流或另类都只是标签，我们不属于主流也不属于另类，我们是独一无二的自己。每个社会都有个别的意识形态，大环境我们改变不了，至少我们可以改变自己。

除了Lizzie Velasquez 那段视频，在脸书上无独有偶还看到另外两则类似的语录。一则说着：When you need something to believe in, start with yourself. 另外一段则是：The older I get, the less I care what people think of me. Therefore the older I get, the more I enjoy life. 生命是父母给你的，人生是自己定义的。世上每个人本就不同，只要不伤害他人，你就是社会里不逾矩的一分子；但更重要的是，要肯定自己是独特的，强迫自己去顺应他人的眼光，那是自我伤害。因为我们不是一个符号，我们是真正活过的人。

等石粉碎

其实我们都在等什么？是不是在等最后那一刻的到来？那一刻早一些或者迟一些到来，又会有多大的差别？

我没有期待凉风，然凉风却不请自来。

在这宁静住宅小区微微隆起的高地，一座小亭，周遭挺拔几株苍劲雨树，枝叶舒展如撑开天地的伞。我一人在伞下笔耕，总有种错觉，天地遗忘了我，我忘却了红尘。

虽已过中午，却不见赤裸烈日，风绵延徐徐，卷落点点雨树枯叶，纷繁飞舞如鹅黄的乱雪。风卷起树涛，倒也如同雨声，淅淅沥沥，似一浪接着一浪铺天盖地的交响曲。我笑说这真是写作的好风水，每两周这么一回的文字创作，数小时用词句整理灵感思绪，若有虫鸣鸟语相伴，好风涤荡俗尘，倒也是难得的惬意。

然好风好水难求，天地眷顾自当好好领受。可不是？动笔前总在等灵感，写作时总在等感觉；氛围不对感觉不来，下笔失去神助则不见行云断了流水。创作还得等到对的天时地利，果然麻烦得很，真的是勉强不来。

其实何止创作麻烦，人生本就是每时每刻的麻烦。仔细思量，谁的一生不都是靠着等来支撑？我们其实在等什么，似乎很确切，似乎又很朦胧。小孩等父母拥抱，父母等子女自立；小时候等换新玩具，长大了等买大房车；小人物等发薪，大人物等功绩；凡人等成仙，仙人等下凡；孟姜女等至死不渝，秦始皇等长生不老。谁不都是在等好运，等春天，等一个人，等不可能成可能？只因我们都很清楚，我们唯一能做的就只能尽人事，却终究无法定未来，毕竟你我都不是孔明，不能呼风唤雨，所以我们只好等一个希望，等一个奇迹，作为活下去的勇气。

老实说，能活着不就是一个奇迹吗？生命本身即是奇迹，生命故事能延续亦是奇迹。奇迹不是天方夜谭，于这一刻等着下一刻的到来，我们见证的都是奇迹的魔法。因为人生的下一刻永远不是必然的。别以为总还有明天，你我的明天也会有爽约的那一回。明天不可能是取之不尽的，有可能早已所剩无几，或是可能早就耗尽。

我想起了薛岳的“如果还有明天”，也算是老歌了吧？如果还有明天，你会怎样装扮你的脸；如果没有明天，该怎么说再见？用一长笛的委婉，等一阕不胜寒的星光；用一春秋的来去，等一世两茫茫的轻叹。等不知何人鬓角染白，等晓镜映照是谁憔悴。等云不胜负荷就落泪，等时间疲倦凋零枯萎。等海终将化成乱石，等石粉碎。

等到了不一定是欢笑，等不到也不一定是泪水；等到了不一定完美，等不到或许反而凄美。修行者若是苦苦等着顿悟，或许不再苦等当下就可开悟。其实有什么好等的呢？然不等，活着似乎又少了意义。果真无比麻烦。

我们一生过了一大半，或许就会逐渐发觉以往看似攸关生死的忽而都可有可无了，而自己真正在等的原来倒也不多，就只是一样东西，或许是一个人一件事一个物，或许一种信念。如果连等这样东西的可能都没了，生命难免也就落空了。我们之所以不肯放，你可以说是因为执念，也可以说是为了证明曾经活过一回。毕竟，今生是要完成的。

看小纸船
望纸飞机

每个决定都是不容易的。一旦决定了，就没有如果了；我们唯一该做的，就是往好的方向去努力。

忽然间在想一个问题：有得选择，到底意味着我们是自由或是不自由？

能做出选择的行为，似乎表示我们可自由决定想要的；然而必须选择，又实实在在地体现了生命本质的不自由。不是吗？若真的自由了，又何须面对选择的煎熬？选项的局限呢？更糟的是，我们总是受困于对与错、好与坏之间，深恐选择出现误差，就必然万劫不复。我们活得战战兢兢，总是在权衡成效，又何来的自由？

我们生而为人本就不是一种选择。我们生在哪个国家？哪个家庭？哪个背景？哪个族群？我们的音容样貌、脾气习性、才能天资，都是生来如此，何来选择？其实仔细想来，我们一生当中，在这么多层面毫无话语权，又怎么算是自己人生的主人？但说也奇怪，纵然如此，我们基本上还是可以活得好好的，不是吗？

那天下班送老同事回家，沿途闲聊，说起当年A水准会考成绩。我俩相识也有十来年，当初在老东家算是同时期踏入社会，而今兜了一大圈，又在新领域成了同事。我A水准考得其实很不理想，只是运气还算不赖，得以顺利进入大学中文系。老同事运气稍差，和她成绩相仿的同学考上了，她却落榜。之后只好转读理工学院的传媒系，跟着就一路朝媒体业发展。她感慨表示，若当初顺利考上大学文学院，人生或许就彻底改变了；我也笑说，若当初中四毕业后，我继续在高中修读AEP特选美术课程，之后拿奖学金出国攻读美术，可能现在也不会在教中文相关科目了。

我们能成为老同事，十多年后还能下了班同车闲聊，都是因为当年不怎么理想的A水准成绩。你会认识什么人，人生往什么方向迈进，都是冥冥中注定好的，听起来虽有些老生常谈，但也的确如此。如果能够重来，我们做了不一样的选择，接下来的发展如何永远都只能是个假设。而且很奇怪，我们往往假定一切错过的必定都是完美的，这是多少人的通病啊？只有现在的生活才是真实，是你一步一个脚印根据那一刻的决定走出来的，那么多的人那么多的风景陪你一路走来，多难能可贵啊？

你选择了鱼或选择了熊掌，其实不都一样？若拉远来看，都会附带一连串或好或不好的后续发展。那么当刻又能如何判定选择是对或是错的呢？其实每个选择都会带来一些好和一些不好。有好有不好，那才是实在的人生，不是吗？任何当刻的选择，影响的就是你之后整段人生的走向，只要让自己无论如何都活得好好的，那么任何的选择才能有对的可能。

你看着水里的小纸船，或许就会错过天空的纸飞机。我们生来就只能在某一刻，获得一样东西，贪不了的。选择看小纸船就好好看小纸船，连带看涟漪看倒影看行到水穷处；选择看纸飞机就用心看纸飞机，顺道看蓝天看流云看夕阳无限好。我们好好地看，就会发觉原来可以看到很多很多。我们用心地看我们选择拥有的，就不会过于在乎我们必然错过的。

结庐在人境的小日子

从小处做起，若每个人都按本分地经营好自己的小日子，又怎会出现大环境的问题呢？

凉亭有客工午休，我只好另择一处树荫成片的角落，鸟语远近高低交响，偶尔风来处，点点枯叶飞坠。已是午后时分，木桌椅晒了整个上午的阳光，散发缕缕热气，暖烘烘的，蒸腾不知是绿草或是肥土的气味。至少，我嗅到的不再是刺鼻烧焦的烟雾，内心是何等欢欣。

的确，虽户外仍微微披着薄薄而迷离的烟霾，然抬头望，天还是可见到的蓝；而阳光沛然洒下，那赤裸裸的灼热，曾几何时竟也是让人无比眷恋。前几天，空气素质数度恶化，烟霾指数突破200点，还记得某天黄昏下班，路途天玄地暗，车辆都亮起大灯，缓缓前行，如临大敌，恍若一片末日景象。而谁是我们的大敌，又如何说清呢？或许不是风，不是火，不是烟，不是人；而是人性，是贪，是无知，是不可理喻。人性一旦不可理喻，就会贪得理直气壮，贪得无休无止，那就是堕入原始的野蛮；禽兽野蛮是本然，情有可原；人性不可理喻的野蛮，又何止可耻？简直无耻。

所以今日能在阳光下，一边望着绿树蓝天，呼吸还算干净的空气，一边打着稿件，已是莫大的幸福。若套句时下的流行说辞，也可归类为“小确幸”吧？“小而确切的幸福感”，据说来自村上春树1996年出版的插画散文集《寻找漩涡猫的方法》。文集没看过，倒是小确幸成了时髦用词，已到了近乎泛滥的地步。

这是个迷恋小的时代，什么都是小确幸，生活都是小日子。再大的抱负或许就是开一间品位独到的咖啡小馆子、甜品屋、精品店、书屋，小小的，让满足也不至于太过沉重。其实迷恋小也没什么不好，真正能左右大局的又有几人？当大局一再让人倍感无奈无力，或许唯一能做好的就是回归自己小小的天地，从小处做起，经营成饶有趣味的精致，那起码也算是对文化品位有所作为了。我想起魏晋盛行的隐逸文化，结庐在人境何尝不是在经营个人品格完整的小日子？而今的归隐，不在山野里，而在自己的小日子里，在一杯精品咖啡里。

那么在中秋夜若能等来一枚皎洁满月，很不幸地，或许也要视为是一种小确幸了。只因月到中秋分外明现时今日也不是必然的了。

烟霾情况严重的那数日，清晨上班见初升太阳均是血红橙黄。那是受了伤的朝阳，仿佛还淌着血，格外刺目。圆满的一轮，贴在灰蒙蒙的天际，让人错觉那是黄昏的夕阳，或是日夜交替时浮现的血月。据说今年中秋满月会是超级月亮，而欧美地区亦能同时一睹月全食的天文景象，所谓超级血月；届时月球将更贴近地球，若是错过就得再等18年。

18年，18春，那是张爱玲笔下的半生缘了。我们又有多少个18年可错过呢？在大时代大宇宙的洪荒里，你我都只是无能为力的小人物，改变不了什么，也决定不了什么，或许唯一尚能掌握的，就是所谓的小确幸、小日子了。但愿这中秋夜，困扰岛国的烟霾别再来犯，让曾经照亮秦汉唐宋的明月，也来照亮此时的你我，然后继续去替我们照亮18年后的芸芸来者。秦汉唐宋早已烟消云散，明月却依然阴晴圆缺。就让我们一同祈愿吧，愿这中秋没有雾失楼台，月迷津渡的遗憾。

停留时光
盛开时

时光的流逝成就了你我的回忆；回忆的堆叠也成就了你我的人生。回首来时路，当初走得那么不容易的，而今都化作浅浅一笑。

那天，老同学说我那幅小女孩在兰花园的小图，与我一般的风格很不同，让她想起小时候看的英文故事书。我倒想说像五六十年代华文旧课本的插图，她立刻回说：是是是。

小时候，具体是多久之前，因人而异吧？然会想起小时候的人，也就有了资格怀复古的幽情了。我们不知不觉都把复古视为一种审美，在复古的情怀中，寻找自己呼吸过的属于那一个时代的欢乐与忧伤，但所有的欢乐与忧伤，又因为久远了，开始朦朦胧胧，混杂在一块儿不纯粹得不酸不辛不苦，只有不真实的甜蜜，甜得反而让人难以舍弃。我们舍弃不掉的，只是一种认同，因为复古从来不是个人的，而是集体的，是时代的。

我不是刻意复古的，只是有些颜色刚好是我的偏好，例如蓝色。某种蓝，带着一点灰的蓝，斑斑驳驳的水彩灰蓝色，格外有种历史天空的错觉。前个星期天早报周刊的封面，登了一张黑白老照片，拍的是一段战前旧店屋重叠的街景，一眼就认出是哪条街了。老街的格局还在，然精神已大不相同。我数年前认识老街时，它已换上新装，书店、咖啡馆、精品店、酒廊、餐馆。每一条走过岁月的老街，都曾经是活生生的，而今静了下来，倒如恬淡的老人家，不动声色地痴望着天，坐看云流动。

我知道我想给老街画幅图，倒不完全是为了怀旧，更多是为了画一种美好的梦境。我总是在做梦的。我曾经梦想回到唐宋，还逐个列出想一睹庐山真面目的历史人物。我想见见李太白，我想见见苏东坡，我想见见李后主，我想见见李清照。但又怕见到了，原来也只是个凡人，倒不如他们千古文字一般传奇了。

所以我给老街插满了盛开的郁金香，在我的插画里，我把老街画成不平凡的传奇，然还是安静的、淡雅的、悠闲的、从容的。郁金香都绽放着，构成最美好的时刻。然后我想，如果时光是一朵花，它绽放得最灿烂的那一刻，会是人一生的几时？是无忧无虑孩提时，想哭就哭，想笑就笑，想睡就睡，想梦就梦；是懵懂冲动青年时，有用不尽的豪言，有使不完的壮志；是无语登高壮年时，逐步迈入无声胜有声的高远境界；还是一切释然白发时，想哭就默然泪下，想笑就淡然莞尔，想睡就浅尝辄止，想梦就梦成回忆。

云还是在每一条老街的上空流动，那也就是时光的流动。流动的时光不会让花长久怒放。让时光永远停留在盛开时固然美好；然时光一旦停留就再也没有花开花谢了。花开动人心，花谢动人情。时光会让谢了的林花有再度绽放的可能，再度绽放就会有另一番全然不同的景致。

月缺月圆满，花谢花盛开，人去人归来。这就是时光的魔法，也就是不变的定律，对谁都是公平的；不强求，自会有。

半百的梦境

记忆究竟有多真切？记忆或许都和梦境一般，虚虚实实相间，朦朦胧胧地，成了我们岁月流逝的桃花源。一旦离开了，就回不去了。

19岁那年，父亲病故。那时父亲年纪尚轻，才63岁。后来老家装修了一两回，丢了不少的东西，扔的时候也不觉得可惜，也没什么不舍。上大学那几年，老喜欢当夜猫。夜深人静时，点亮一盏小桌灯，光圈狭小的范围，就是我想象驰骋的天地。阅读、写作、发呆、做梦，偶尔也画画。记得有一阵子，我开始用画笔记录家中的各个角落，越是不起眼的角落越是想把它画下来，那时候已经隐隐然地感觉到了一股急迫性，仿佛我所熟悉的一切，我生活成长的这个空间，我的家原来都不是永恒的，一切都在悄然无息地改变中，一切也在悄然无息地消失着。点点滴滴的，那时究竟想留住什么，能留住什么，也不完全晓得。当时只是隐隐然觉得，身旁这些紧要的或是无关紧要的，它们一旦消失了，那我的记忆会不会久而久之也就随之，如迷航的孤帆失去灯塔的指引，找不到方向而模糊了？

也是在那一阵子，我开始从家中各角落找出父亲留下的日常物品。好多都被我们丢掉了，印象深刻的大白兔奶糖铁盒，印有金鱼小图样的皮夹子，画着八仙过海的日历硬纸皮，父亲亲手制作的圆铁面椅子，都找不回来了。我像在收集着父亲曾经呼吸曾经叹息曾经笑语的凭据，然后只能惋惜，父亲63年努力经营的全部生命，我找回来的就只是少数几件小东西而已。

那是20世纪90年代初，古老的牛车水正在经历巨变，我带着以自己积蓄购买的第一台日本SLR相机，还有画笔数度跑到牛车水不同的街道，做了一些画面记录。多少人去楼空的老店屋旧房舍，残旧破败的五脚基空空的长廊，风雨中的老藤椅，再也载不动岁月前进的三轮车，一道道紧闭铁栅外无力昏睡的最后的流浪老乞丐。那是一个不怎么光鲜华丽的时代，再如何污浊不堪，不都是多少人世世代代认认真真努力经营的生命？那样的新加坡错过了，就再也没有了。

最近不约而同认识了一些玩收藏的新朋友，有收集古典出版物的，也有收藏娘惹传统饰品的。我很好奇，为何总会有人对旧事物、老东西深感兴趣？我们总觉得老东西格外有味道；我们也总觉得旧事物格外有感情。这味道这感情，是经年累月的成品；没有这经年累月的打磨，成就不了耐人寻味的色泽与纹理。

我们就是经年累月地开始变老的。时间一方面让我们积累了皱纹，另一方面则让我们磨损了天真；一方面让我们积累了沉着的定力，另一方面却让我们磨损了做梦的勇气；我们积累了无数次的跌跌撞撞起起落落，但愿我们也能够积累足够继续跌倒又爬起的智慧与毅力。

我们错过的东西何其多？我们都在错过岁月，所以我们也都在收藏岁月，他或许收藏古籍、腕表、铁皮玩具，你或许收藏土生华人器皿、首饰、传统银器；我收藏的，其实都只是难以割舍的画面与记忆，然后试图以这些画面与记忆，去重新建构自己的一些小故事以及岛国的一些大回忆。

这么多年过去了，我又画了一幅牛车水的街景。岁月的更替，时间的洗涤，还有什么是不变的呢？我还记得在恭锡街东亚咖啡店吃过传统的炭烤面包，好多年前的事了。一直想把它画下来，只是以前画的是年少的实景，而今画的是半百的梦境。

我的青春在80年代

80年代，不想也已经是30多年前的往事了。
只是这30多年，究竟都到哪去了？

那天独自到校园一栋簇新建筑底层的自习角落批改作业。空间开阔，梁柱将天花板高高托起，如托起宇宙的殿堂；人在里头是毫不起眼的小小一粒，是悄无声息的细砂，仿佛所有的空都是为了思绪而存在的，仿佛唯有思绪才是活着的，在偌大的空间奔流着呼吸着，无远弗届。我贪图的就是这里的宁静，偶有雀鸟啾啾鸣唱，放眼两旁是精心布置园景的翠绿；我贪图的也是这里不时拂来的风，在冷气空间待久了，反而期待自然的温度，加上一杯热咖啡，精神就更能集中了。

这两周放短假，校园方得回归清静。但不少学生社团也趁此空当办活动。我的宁静角落没多久就来了一群学子，当中正巧有我的学生。他们是华文戏剧社新旧团员，热热闹闹地玩着团体游戏。有时席地而坐围成一圈，有时分成小组玩角色扮演，笑也是痛快的，说也是爽朗的，跑动起来似乎没给疲倦留有余地，流汗也要流个淋漓那才叫干脆。

我和他们形成两个极端，我在这端独自紧迫批改作业，几乎不动地成了顽固化石；他们在那端静不下来，满怀不安定的潜能迫不及待渴望宣泄。但说也奇怪，我们却能相安无事，和平共处。听着他们朗声说着痛快的华语，我忽而看到了自己曾经跋扈的青春，也忽而回到了曾经华语不尴尬的20世纪80年代。

的确，80年代，我不也是这样不务正业，一心忙着课外活动没日没夜，考得一塌糊涂虽也会紧张害怕，然惨烈过后，谁不也是这样安然无恙地好好活了下来？和三几好友违规地爬上校园屋顶，总有话题能聊个没完，直到深夜没东西可聊了，那就望着星星，或是期待老旧的校舍出没鬼魅。青春总是有那么一点不切实际，且不含逻辑的。

我的青春在80年代，没有传呼机，更别说手机了。我们不知道什么叫上网，也不晓得自拍。我的第一卷卡带是在书城某家店买的，是张清芳的《激情过后》，那时CD都还没盛行。逛书城买中文书籍是满足青春文化饥渴的良方。我们也追偶像，一度迷上梅艳芳的百变妖女，也莫名喜爱中森明菜。校园都在传唱新谣，不少男生都能弹一手好吉他，仿佛成了衡量个人魅力的指标。新谣的歌单都是手抄的，端端正正，之后到照相馆复印，如获至宝。听广播等喜爱的歌曲，守在收音机旁，歌曲播放时就手忙脚乱按卡带录音，结果总是录不全。反复听着不完整的歌曲，心中却有着满满的感动。然后就学会了邂逅，学会了彳亍，学会了酒觞，学会了搁浅，学会了强说愁的文艺腔。80年代，谁都能有足够的中文底子，在青春感到无限苦闷时，用自己的文字来渲染一片潮湿的闲愁。

每个年代都必然是某代人的青春，每一代的青春形式虽不相同，但青春的基调与本质则是永恒的。青春是一段寻觅的旅程，年轻人都在寻找自己的声音；80年代碰巧地这股声音汇聚成潮流。潮流一过，难以复制。现在年轻人的声音都到哪里去了？苦闷的青春，没了抒发心声的文字，那是多大的遗憾啊？

我们的歌
在哪里

莫忘年少时建立的友情，毕竟一同走过同一个时代。

5月29日，早报的《现在》刊登了全版有关《我们唱着的歌》的特写报道，引起广泛回响。同日，我在学校正好参与了又一届学生的毕业典礼。偌大的礼堂，庄重的仪式，学生志气飞扬的笑脸，洋溢着对未来的踌躇满志。谁的20岁不是充满着饱和的希望，人生的无限可能，若要大展拳脚，20岁即是起点了。

前阵子人文与社科系院长得知我的一篇旧作《那一天，从这一天开始》，得教育部课程规划与发展司高中华文课程组青睐，编选为教材，特征询我的同意，将文中的某一段作为毕业典礼当天的致辞。院长选的是这段文字："然而有些事总得有人去做的，无论个人的力量何等薄弱卑微，在一片本已漆黑的严寒冬夜，火柴点燃的一点微光，亦可照亮炙热的希望，与夜空一枚亘古恒星，遥遥相望。"我为院长翻译成：But I believe if there are works needed to be done, then someone will have to do it, regardless how small or insignificant the effort of that someone might be. Like in the darkness of winter nights, it would take only the little flame of a tiny matchstick to light up the warmth of all hopes, radiating to the brilliance of the distant star in the darkest sky.

好些年前，我们这群打从17岁高中岁月就相识的旧友，就开始在闲谈中聊起想携手做些文化工作。我们谈得认真，想法也多，然由于各忙各的，终究不曾真正履行。这就相当于英语所谓的一种calling。我们都在寻找生命中高于自己的使命。我们读了这么多年的书，除了谋得一技之长，让自己生活无忧，我们还能做些什么？就是这么简单的一个问题，让我们这群人一直在寻找着。我想院长那天的致辞，多少也是要告知应届的毕业生：活出高于自己的生命。

梦林工作室志不在盈利，而是纯粹为文化尽一份心。我们资金窘迫，硬着头皮到处筹资，二话不说鼎力相助的机构组织与热心友人，我们心存满满感激；因理念不同而选择与我们截然划清界限者，我们也只能表示遗憾。毕竟岛国的文化，还是该由岛国的子民来承担；没与我们共同历经80年代的激情者，永远不会明白。

在官方脸书正式推展次日，我们上载了早报帮梦林团队捕捉的群体照。那时我正为一些小事恼着，然看着照片中我们永远定格的笑脸，几人并肩或立或坐，我忽然心存感动。更新脸书时，这样写着：“我们这群朋友，大多相识相知于17岁；而今虽已不再17，笑容却不减当年，只是鱼尾纹较为张牙舞爪。那时是80年代末，而今是2014年，我们还是好朋友，我们还坚信17岁的单纯。相信友情，就是新谣最根本的精神。”意见相左在所难免，偶尔拌嘴是合作的必然过程，从17岁到现在43岁，还有什么比友情更为重要的？

《我们唱着的歌》是梦林工作室筹划拍摄的华语纪录片，以历史的角度，人文的情怀，回看80年代轰动岛国的新谣运动，借以审视现今岛国的文化语言状况。80年代展现的是社会激情的最后一抹耀眼余晖，这样的一种大规模激情已经散了。80年代留给我们的是新谣的集体认同与方向，我们这个年代又将留给未来的国人什么？

我们的歌在哪里？我们的歌，都在昨天里了。

奇迹必会出现

我不相信一蹴而就，所有的成果都得有相应的付出。凡事别太计较，过于斤斤计较就不快乐了。

星期六在国家图书馆停车场，提着电脑踏上电动扶梯，正打算前往工作坊会场，忽身后有人唤我本名。回头一望，竟是睽违20载的军队同僚，我惊呼他的名字，猛拍他的肩膀，仿佛恨不得把20载的疏离彻底拍散。我们不是偶遇，他是之前看了早报的访问报道，特地来找我的，叫人怎能不感动？他十多年来跟妻小旅居海外，不久前刚回国定居，若非工作坊消息公布，我俩恐怕还真难重逢。

凡有因必有果，有付出必有回报，这是我深信不疑的。然太在意回报，有了功利心，创作就没有单纯的生命与灵气了。回顾2013年，若问我真正学会了什么，我想就是这看似简单的道理吧？

工作坊前一晚，下了班受老同事之邀，上她主持的电台节目，谈插画与绘本创作。和许多人一样，她也问我为什么要坚持画画。理由其实很简单，就为了那一份很单纯的快乐与满足。我也曾经想过以作画或出版来赚钱糊口，这在本地确实不实际。逐渐地我也发觉，一旦我太在意卖画卖文字这一回事，创作就不再纯粹了。我不喜欢凡事过于计算，这不风骨。

我的幸运，就在于我有一份正业，而我任职的学院也非常支持我绘画写作的理想。谁都有他追求创作梦想的困难，艺术家的拮据，谁不曾有？幻想自己是悲剧英雄的确非常浪漫，但英雄的悲剧不是你我都能承担得起的。与命运抗争奋斗直至最后一口气息，你愿意吗？如凡·高，直到逝世，都在潦倒疯狂的悲剧中挣扎，来不及见证自己的传奇，甚至不知道自己将是个传奇。一旦悲剧的光环结束了，发现日子原来还是琐碎而日常的，那时候你还要沉浸在刹那的英雄虚幻、还能找回创作的初衷与初心吗？

我只是个平凡人，需要工作维持生计，但这不会影响我对喜好与理想的追求。我在学习不怨天尤人，我确实也曾经怨天尤人过。但随着年龄的增加，你会明白世上没有怀才不遇这回事，这世界从来都没有亏欠你什么，没有任何一个人有义务必须扶持你给你机会。我现在能够靠正业来扶持自己的梦想，已是难得的福报。也正因为我慢慢不把梦想与金钱物质挂钩，反而更能领会每一回付出所取得的另类回报，也才能够不失初衷常保初心。

我喜欢看小朋友画画，我不是在教而是给他们一个机会，自由发挥涂鸦，如在高山草原放牧羊儿与浮云，印着远处冰蓝霜白的雪峰，逍遥徜徉。我们都需要拿起画笔，痛快宣泄潜藏的创作冲劲。小朋友的画最天真，给他们鼓励，看他们稚嫩的容颜焕发自信的神采，这比什么都更值得。

和老同僚重逢闲聊了整个下午，上老同事的电台节目畅快分享创作乐趣，让小朋友自由画画看他们散发自信的笑容，这是我当初答应义务开办工作坊时，不曾计算的回报。也因为要配合宣传活动，首次上了电视受访，为了现场示范作画，才有了这幅雪人的应景小图。雪是冰冷的，但雪人一定是怀了炙热的初心，所以不失人情温暖。世上一切不过如此，做人感恩一些，奇迹必会出现。

提前一周，祝朋友们佳节幸福快乐。

图书在版编目（C I P）数据

也许明天，也许来世 /（新加坡）阿果著 . -- 北京：现代出版社，2018.7
ISBN 978-7-5143-7160-4

Ⅰ . ①也… Ⅱ . ①阿… Ⅲ . ①随笔—作品集—新加坡
—现代 Ⅳ . ① I339.65
中国版本图书馆 CIP 数据核字 (2018) 第 124176 号

版权登记号：01-2018-5490

本书中国大陆中文简体版由新加坡玲子传媒私人有限公司授权，仅限中国大陆地区发行销售。

也许明天，也许来世

作　　者：［新加坡］阿果
责任编辑：申晶
出版发行：现代出版社
地　　址：北京市安定门外安华里 504 号
邮政编码：100011
电　　话：010-64267325 010-64245264（兼传真）
网　　址：www.1980xd.com
电子邮箱：xiandai@cnpitc.com.cn
印　　刷：北京瑞禾彩色印刷有限公司
开　　本：880mm x 1230mm　1/32
印　　张：6.875
字　　数：154 千字
版　　次：2018 年 8 月第 1 版 2018 年 8 月第 1 次印刷
书　　号：ISBN 978-7-5143-7160-4
定　　价：45.00 元